新 潮 文 庫

# アポリネール詩集

堀 口 大 學 訳

新 潮 社 版

702

アポリネール詩集　目次

**

動物詩集

---

アルコール

## 秘めごと歌

# アポリネール詩集

# 動物詩集（一九一一年刊）

または「オルフェさまのお供の衆」

エレミール・ブールジュに

# 獣類

オルフェの言葉

ほめよ　たたえよ
線の気高さと　力強さを
これだ　エルメース・トリメジストが
「ピマンドル」の中で歌っている
光の声というあれは

*Admirez*……

# 亀

あのトラース生れの魔法使のように
おお　譫言《うわごと》よ！
巧みな指で僕も竪琴《たてごと》をかき鳴らす
亀の甲良《こうら》の竪琴と
歌のしらべに聞きほれて
鳥もけものも寄ってくる

*La Tortue*

# 馬

壮《さか》んできびしい僕の夢想が
そなたを制御するだろう
黄金車《おうごんしゃ》を駆る僕の運命が
そなたの美しい御者だろう
彼はきつく引きしめて握るだろう
手綱《たづな》にして
ありとあらゆる詩の手本
僕の詩《うた》の文言を

*Le Cheval*

## チベット山羊《やぎ》

この山羊の毛も　そしてまた
ジャソンがあのように難儀して
たずねまわった金《きん》の羊毛も
何のねうちもないほどです
僕がぞっこんほれこんだ
あの髪《かみ》の毛にくらべたら

*La Chèvre du Thibet*

## 蛇《へび》

そなたは美人に熱中する

さてもすばらしい女たちが
よくも
そなたの薄情の犠牲になったものだ！
エーヴ　ユーリジース　クレオパトラ
以外にも
僕は知ってる
四五人は

*Le Serpent*

## 猫

僕は持ちたい　家のなかに
理解のある細君と
本のあいだを歩きまわる猫と

それなしにはどの季節にも
生きてゆけない友だちと

*Le Chat*

## 獅《し》子《し》

お気の毒にも失位した王さまたちの
痛ましい絵姿　獅子よ
君らは今ではドイツハンブルグの
檻《おり》の中以外では生れない

*Le Lion*

## 野《の》兎《うさぎ》

君は野兎の牡《おす》のように　恋する男のように
好色であったり　臆病《おくびょう》であったりしては駄目《だめ》だ
だが君の脳味噌《のうみそ》は
胎《はら》んでいてもまた胎む
野兎の牝《めす》であれ

*Le Lièvre*

## 家《いえ》兎《うさぎ》

生け捕《ど》りにしたくてたまらない
兎がほかに一ぴきいる

慕情の国の谷間の
じゃこう草匂う禁猟区に棲《す》んでいる

*Le Lapin*

## 駱《らく》駝《だ》

四頭《よんとう》の駱駝を供につれ
ポルトガルの王子ドン・ペドロ・ダルファルベイラ
世界を股《また》に観光あそばした
駱駝を四頭も持ってたら
僕もこいつはしたかった

*Le Dromadaire*

## 二十日鼠《はつかねずみ》

「時間」の二十日鼠　君ら美しい日日《にちにち》よ
君らは少しずつ僕の生命《いのち》を嚙《かじ》っている
やがて僕も二十八歳
不満な暮しをしているほどに

*Souris*

## 象

象に牙《きば》があるように
僕も口中に尊《とうと》い宝を持っている
人は知らぬが！……僕は自分の光栄を

妙《たえ》な言葉の値《あたい》で買う

*L'Éléphant*

# 虫類

オルフェの言葉

千の足を持ち　百の眼《まなこ》を持つ
この忌わしい一群を
もう一度よっくごらんよ
そいつらは　世界の七不思議より
ロズモンドの宮殿より
より美しい担輪類《たんりんるい》であり
壁蝨《だに》であり　昆虫《こんちゅう》であり　黴菌《ばいきん》だ

*Regardez*……

## 毛虫

働くことは金持をつくる
貧乏な詩人よ 働こう！
毛虫は休みなく苦労して
豊麗な蝶《ちょう》になる

*La Chenille*

## 蠅《はえ》

ノルウェーで 雪の神さま

魔法の蠅から
教えてもらってきた歌を
この国の蠅も知っている

*La Mouche*

## 蚤《のみ》

蚤も　友人も　恋人も
どれも　僕らを愛するものは残酷だ！
僕ら血はすべて彼らに吸われる
ああ　愛せられるのは禍《わざわ》いだ

*La Puce*

## 蝗《いなご》

これは上品な蝗です
バプテズマのヨハネさまの食物《たべもの》です
僕の詩歌《しいか》も蝗のように
えらい人たちの腹のたしになればよいが

*La Sauterelle*

## 毛《け》　虱《じらみ》

毛ぎらいされるこの虫の
頑固《がんこ》なところに学びましょう
がりがりお掻《か》きの奥さま　旦那《だんな》

絶対に　こやつ　根だやしされませぬ

*Morpion*

# 魚類

オルフェの言葉

海の魚も　河の魚もどれも
かたちも　味わいも
神の魚　僕の救世主イエス・キリストに
まさるものはないのだから
罪の子よ
おまえの心臓が餌《えさ》になり
空《そら》になり　釣堀《つりぼり》になればよい

*Que ton cœur……*

## 海豚《いるか》

海豚よ！　君らは海の中で遊ぶ
しかしそれにしても　潮水《しおみず》はいつも苦《にが》いことだ
ときに僕によろこびがないでもないが
しかし人生はどのみち残酷だ

*Le Dauphin*

## 蛸《たこ》

天へ向って墨汁《すみじる》を吐きながら

愛するものの生血《いきち》をすすり
そうしてデリシャスに感じている
この不人情な怪物は僕だ

*Le Poulpe*

## 海月《くらげ》

君ら海月よ　紫色の毛の生《は》えた
世にも不幸《ふしあわせ》な頭よ
君らは好んで暴風雨《あらし》の海に住むが
僕も君らのように暴風雨《あらし》が好きだ

*La Méduse*

## ざりがに

*L'Écrevisse*

不安よ　おお　僕のよろこび
君と僕とはいっしょにゆく
ざりがにが歩くように
後へ　後へと

## 鯉《こい》

君らの生洲《いけす》の中で　君らの池の中で
鯉よ　君らはなんと長命だ！
死が君らを忘れるのか

憂鬱《ゆううつ》の魚よ

*La Carpe*

# 鳥類

オルフェの言葉

アルシオンの牝《めす》も
恋の天使も
翼ある美しい人魚も
生命《いのち》とりのおそろしい
怪しい歌で誘うのだが
これら呪《のろ》われた鳥どもに耳をかさずに
極楽の天使の歌をきくとしましょう

*La femelle de……*

## 人魚たち

人魚よ　夜の沖合で君らが嘆くとき
君らの悩みはどこからくるか？
海よ　僕も君のように複雑な声でいっぱいだ
おまけに僕の歌船は歳月丸という船だ

*Les Sirènes*

## 鳩《はと》

鳩よ　キリストを生んだ

愛よ　聖霊よ
僕もおまえのように
一人のマリヤを愛している
ああ　かの女と夫婦になりたい

*La Colombe*

## 孔《く》雀《じゃく》

ひきずるほども長いから
尾羽根を車輪にひろげると
この鳥　むしょうに美しい
もっともお尻《しり》はまる出しです

*Le Paon*

## 木兎《みみずく》

*Le Hibou*

哀れな僕の心臓はまさに一羽の木兎だ
釘《くぎ》を打たれたかと思うと　またぬかれ
あらためてまた釘を打たれる木兎だ
血も力ももうないくせに
なおも相手をほめている

## アイビス

やがて僕も

地下の冷たい陰に行くでしょう
どうせ一度はだれも死ぬ！
かなしや　限りある身の限りある生命《いのち》
アイビス　ナイルの岸の鳥

*Ibis*

## 牡《お》牛《うし》

この翼ある牡牛《シエリユバン》は
極楽の讃美《さんび》を物語る
其処《そこ》で　神さまのおゆるしが出たら
天使たちのかたわらで
友よ　僕らまた会おう

*Le Boeuf*

## ノート

ほめよ　たたえよ
線の気高さと　力強さを

オルフェがほめる、この詩集を飾っている版画の線の気高さと、力強さを。

これだ　エルメース・トリメジストが
「ピマンドル」の中で歌っている
光の声というあれは

「ピマンドル」の中にはこう書いてある、「やがて闇《やみ》の中から何とも言いようのない叫びが聞えたが、どうやらそれは光の声であるような気がした」云々《うんぬん》と。
この光の声こそは、デッサン、すなわち線ではないだろうか？　それにまた、光がその全表情を発揮する場合、万物に色彩が生れでる。だから絵画はしょせん、光の言葉にほかならないというわけだ。

あのトラース生れの魔法使

オルフェは、トラースの生れだった。この絶世の大詩人は、メルキュールから与えられた竪琴《たてごと》を弾《ひ》いた。この竪琴というのが、一つの亀《かめ》の甲と、それにまきつけた獣の皮と、台座と二本の枝と、牝羊《めひつじ》の腸でつくった絃《げん》とでできていた。メルキュールはまた、これと同じ竪琴を、アポロンにもアムフィオンにも与えた。オルフェが自分の歌声にあわせてこの竪琴を弾くと、山野に住む禽獣までがそれを聞こうと集まって来たという。オルフェはまた、あらゆる科学とあらゆる芸術を発明した。彼はまた魔法によって、未来を窺知《きち》し、キリスト教徒として救世主の降誕を予言した。

壮《さか》んできびしい僕の夢想が
そなたを制御するだろう

黄金車《おうごんしゃ》を駆《か》る僕の運命が
そなたの美しい御者だろう

最初に天馬《ペガサス》に乗ったのは、ベレロフォンだった。そのとき彼は、天馬を御して噴火獣《シメール》(獅頭《しとう》羊身竜尾の怪物)を征伐に向ったのだ。現に今も多くの噴火獣《シメール》は存在している、なかでも最悪の詩の敵なる怪物の一種の征伐に出かけるに当っては、まず天馬《ペガサス》に轡《くつわ》をはめ、戦車につないでおくべきだ。僕が何を言おうとしているかは十分おわかりいただけましたでしょう。

胎《はら》んでいてもまた胎む
野兎の牝《めす》であれ

野兎の牝にあっては二重妊娠も可能なのだ。

ポルトガルの王子ドン・ペドロ・ダルファルベイラ
世界を股《また》に観光あそばした

あの有名な旅行記 Historia del Infante D. pedro de Portugal, en la que se refiere lo que le sucedio en el viaji que hizo cuando anduvo las siete partes del mundo compuesto por Gomez de Santistevan, uno de los doce que llevo en su compania el infante. の中には、ポルトガルの王子、ドン・ペドロ・ダルファルベイラさま、十二人の供勢をひきつれて、世界の七大洲を見物に巡回されたおりの見聞が記《しる》してある。これらの旅行者は、四頭の駱駝《らくだ》に分乗して、最初まずスペインに入り、ノルウェーを経てバビロンおよび聖地に到着した。王子さまはまたヨハネ僧正の国々をも見物なされて、三年四カ月の長い月日の後《あと》ではじめて故国へおかえりなされた。

ロズモンドの宮殿よりより美しい

イギリスのある王さまの、ご自分の側室に対する愛情の証《あかし》なるこの宮殿については、次の流行歌の一節が多くを語っている、僕はこの歌の作者は知らぬのだが、

王さまはお妃《きさき》さまの恨みから
ロズモンドを守るため
世にたぐいなく美しい
御殿をお造りあそばした

雪の神さま
魔法の蝿《はえ》

全部が、雪片の姿であらわれるとは限らないが、大多数はフィンランドやラポニアの魔法使に飼いならされ、命令のままになる。魔法使たちは父から子へと伝授して、或《あ》る箱の中に保存するが、肉眼には見えない、彼らはいつなん時でも命令一下を待ち、大群をなして飛散し、これも不滅の呪文《じゆもん》を唱えながら、盗賊どもを苦しめる用意をしている。

これは上品な蝗《いなご》です
バプテズマのヨハネさまの食物《たべもの》です

「ヨハネは駱駝の毛織を著《き》、腰に皮の帯して、蝗と野蜜《のみつ》とを食《くら》えり」（マルコ伝第一章第六節）

アルシオンの牝も
恋の天使も
翼ある美しい人魚も
生命《いのち》とりのおそろしい
怪しい歌で誘うのだが

古昔《こせき》、航海者は、アルシオンの牝の啼《な》く声を聞くと、はやくも各自に死ぬ用意をしたものだ、もっともこの鳥が巣を営む十二月の月じゅうは、啼き声がきこえても海は静かだと信じられていた。さてまた、恋の天使と翼ある人魚となると、これら霊鳥はいかにもほがらかに歌うので、聞く人の生命《いのち》なぞ、この妙音に比べたらものの数ではないのである。

この翼ある牡牛《シェリュバン》は

神の光栄に奉仕する天使たちの九階級の中には、世にも珍しいかたちをした美しいものがある。シェリュバンもその一つ、翼のある牡牛だが、いささかも奇怪な感じは与えない。

神さまのおゆるしが出たら

詩を作る人々は、完全すなわち神それ自身以外の何ものをも求めない、また何ものをも愛さない。このように一生を通じて、神を讃美《さんび》すること以外他に目的を持たなかった人々を、神は見捨て給うであろうか？　それは信じがたいことだ。だから私は思う、詩人こそは、死後に神によって与えられる、久遠《くおん》の幸福、すなわち至上美を恵まれると信じる権利のある人々だと。

*Notes*

# アルコール（一九一三年刊）

# 地帯

とうとう君は古ぼけたこの世界に飽いた
羊飼娘《ひつじかい》よ　おお　エッフェル塔　橋々の群羊が今朝《けさ》は泣ごとを並べたてる

君はもうギリシャやローマの古風な生活に飽きはてた

ここでは　自動車さえが　たいそう古ぼけたものに見える
宗教だけが真《ま》新しく残った　宗教だけが
空港の格納庫さながらの単純さに残った
おお　キリスト教よ　全欧でおまえだけが古風でないぞ

いちばん近代的なヨーロッパ人は　法王ピオ十世よ　あなたですぞ
ところが君は窓が見ているのが恥ずかしくて今朝
お寺へ入ることも　そこで懺悔《ざんげ》をすることも　しかねている
君は大声に歌いまくる引札《びら》を　カタログを　広告を読む
これが今朝の詩だ　散文としてなら　新聞がある
有名人の肖像や　さまざまな記事や
探偵小説のいっぱい出ている二十五サンチームの雑誌もある

僕は今朝（名は忘れたが）美しい街路を見た
新しくて清潔でそれは太陽のラッパだった
支配人や職工や美人のタイピストたちが
月曜の朝から土曜の晩まで　日に四回ずつここを通る
朝には三度　この街に　汽笛がひびく
お午《ひる》ごろ腹だたしげな鐘の音が吠《ほ》えたてる
掲示やら　看板やら　壁面やら
プレートやら　告示やらが　鸚鵡《おうむ》のように喚《わめ》いてた

僕はこの工場街の風情《ふぜい》が好きだ
オーモン－ティエヴィル街とデ・テルヌ並木通りの間のパリの街だ

新開町《しんかいまち》はさておいて君はまだ少年だ
君の母は君に紺と白だけしか着せない
君は非常に信心深い　いちばん古い友だちのルネ・ダリズといっしょに
君らはお寺の華麗《はなやか》さが何より大好きだ
九時だ　ガスの灯は細められて真っ青だ　君らはこっそり共同寝室から抜け出す
中学付属《コレージ》の礼拝堂で君らは終夜お祈りをつづける
その間　キリストの火炎のような後光から　絶えまなく
紫水晶の色をした永遠絶美の幽玄の気が立ち迷う
僕らの誰もが心に培《つちか》う美しい百合《ゆり》がこれ
風も消さない赤毛の松火《たいまつ》がこれ
悩める母の　色白で頬の紅《あか》い息子がこれ
ありとあらゆる祈念《いのり》を集めて永久《とわ》に茂る樹木がこれ
名誉と無窮の二重の迫持《せりもち》がこれ

六つ枝の光の星がこれ
金曜日に死して日曜日によみがえりたもう神がこれ
飛行家のように天に昇るキリストがこれ
彼は高度の世界記録の保持者だ

眼の中の稚児《ちご》キリスト
世紀の二十番目の稚児《ちご》　これはなかなか利口者
この世紀の姿を鳥に変えて　キリストさながら空中へ昇る
地獄の悪魔どもが頭をあげて彼を眺《なが》める
彼らは言う　あんなの　ユダヤの魔法使シモンの猿《さる》まねだと
彼らは叫ぶ《飛行《ヴオレ》するなら泥棒《ヴオルール》と叫んでやろう》
この美しい飛行家の身辺を天使たちが飛びまわる
イカルス、エノック、エリー、ティアーヌのアポロニウスたちが
世界最初の飛行機キリストの周囲に浮びただよう
彼らがときおり身を躱《かわ》すのは　聖餐《せいさん》を運んでくる人たち
聖体のパンを永久《とわ》に高きへと運ぶ僧たちを通すがためだ

飛行機は最後に翼を展《ひろ》げたままで地に下る
すると天は幾百万という燕《つばめ》でいっぱいになる
鴉《からす》が　鷹《たか》が　梟《ふくろう》が羽ばたきしながら
アフリカからはアイビスが　フランドルからは鴗鶴《こうづる》がやってくる
物語作家や詩人が言いふらす禿鷲《はげわし》は
原人アダンの頭蓋《ずがい》を爪《つめ》につかんで舞っていた
鷲《わし》は地平の彼方《かなた》から鋭い声で叫びながら飛んでくる
アメリカからは小さな蜂雀《はちすずめ》が
中国からは翼が長くてなよやかな比翼《ひよく》の鳥がやってきた
(片羽しかないこの鳥は二羽で　いっしょに飛ぶとやら)
聖霊の鳩もまた来た
あでやかな琴尾鳥《きんび》と孔雀《くじやく》のお供に護《まも》られて
不死鳥　単独で受胎するこの薪《まき》は
暫時　その熱灰で一切にヴェールをかけた
人魚も　三羽が三羽　いい声で歌いながら
危《あや》うい鳴戸《なると》を捨て置いてやってきた

そして鷲も不死鳥も中国の比翼の鳥も
みんなが空飛ぶ機械と仲よしになった

今や君はパリ市内を歩いている　群衆に混って独《ひと》りぽっちで
君の身近をバスの群羊がごろごろ吼《ほ》えながら走りまわる
恋の悩みが君ののど首を締めつける
今後絶対に君は愛される当《あて》がないみたいな気持だ
昔の男なら僧院にでも入るところだ
君らは祈りの言葉を口にしている自分に気づいて恥ずかしがる
君は自らを嘲笑《ちょうしょう》する　すると地獄の劫火《ごうか》のように君の笑いが燃えさかる
君の哄笑《こうしょう》が君の生命の背景に金泥《きんでい》を塗りつける
それは人生という暗い博物館に懸《か》けてある一幅《ぷく》の絵だ
ときどき君は近づいてじっとそれに眺《なが》め入る

今日君はパリ市内を歩いている　女たちは血まみれだ
思い出すのも厭《いや》だが　それは美の末路だった

燃え立つ火炎にかこまれて　聖母寺院がシャルトルで僕を見つめた
モンマルトルでは聖心寺院の血しぶきを僕は浴びた
至福の言葉を聴《き》いて僕は病気になった
僕を悩ます恋愛はある花柳病だ
君に憑《つ》いたその映像が不眠にも懊悩《おうのう》にも耐えて君を生きつづけさせる
この映像が過ぎるのはいつもきまって君の身近だ

今や君は地中海の岸辺《きしべ》の
年じゅう花の絶えないレモンの木の下にいる
友人と連れだって君は舟遊びをする
一人はニサールで一人はメントネスク　それにチュルビアスク兄弟もいた
僕らは驚嘆しながら深間の蛸《たこ》を見つめる
海草の間をくぐって救世主の姿の魚が泳ぐ

君はプラーグ郊外の宿屋の庭にいる

卓上にバラが一輪あって君は無性《むしょう》に幸福だ
君は自分の散文のコントを書くかわりに
バラの中で眠る大花潜《おおはなむぐり》に見とれている

ヴィ聖者の瑪瑙《めのう》に描かれた自分を見て君はびっくりする
そこに君が自分を見た日　君は死ぬほどさびしかった
君は日の光を見てふためくラザールそっくりだった
ユダヤ人街の時計の針は逆に回転《まわ》る
君もやはり君の人生においてゆっくり後退する
モラヴィアの山へ登ったり　晩になると
居酒屋でチェコの謡《うた》を聴いたりして

君はマルセーユにいる　西瓜《すいか》にとりかこまれて

君はコブランスにいる　巨人旅館に

君はローマにいる　枇杷《びわ》の木の下陰に腰かけて
君はアムステルダムにいる　君は美しいと思っているが　じつは醜い一人の娘と
いっしょに
彼女はライデンのある大学生と結婚しなければならないのだ
さすがは学都　貸間札までがラテン語だ Cubicula locanda
僕は思い出す　三日をそこで過したと　それからグーダでまた三日

君はパリにいる　予審判事に呼び出されて
罪人として君は逮捕されたわけだ

君は自分の虚偽と年齢に気づく前に
悲しい旅も嬉《うれ》しい旅もしたわけだ
君は二十《はたち》歳のときも三十のときも恋に悩んだ
僕は狂人のように生きてきた　そして僕は歳月を空費した
君はもう自分の手を見る勇気がない　そして僕は絶えず泣きたいのだ

君の上を　僕が愛する女の上を　君を恐怖させた一切のものの上を
君は眼に涙をいっぱいためてあの哀れな移民たちを見ている
彼らは神を信じている　彼らは祈る　女たちは子供たちに乳をのませている
彼らは自分たちの体臭をサン－ラザール駅の待合室にみなぎらせる
彼らも四人の博士同様自分たちの星を信じている
彼らはアルゼンチンで金を儲《もう》けるつもりでいる
そして財産を作ったうえで故郷へ帰ってくるつもりでいる
ある一家族は諸君が心臓を持ち歩くような塩梅《あんばい》に赤い羽根蒲団《ぶとん》を持ち歩いている
この羽根蒲団も僕らの夢も同じく非現実的だ
これら移民たちのある者はここにとどまって
デ・ロジェ街やデ・ゼクッフ街の小部屋に住んでいる
彼らが往来へ出て空気を吸っているのを晩にときどき僕は見かける
彼らは将棋《しょうぎ》の駒《こま》に似てめったに動かない
おもにユダヤ人だ　彼らの女たちはかつらを被《かぶ》っている
彼女たちは血の気のない顔つきで店の奥にひっこんでいる

君はある怪しげな酒場のスタンドの前に立っている
君は不幸な連中といっしょに二スーのコーヒーを飲んでいる

晩 君はりっぱなレストーランにいる

女たちは意地悪くはないが 苦労だけはしている
どの一人も あのいちばん醜いやつまでが みんな情夫を悲しませたのだ

彼女はジャーセーのお巡《まわ》りさんの娘だ

僕の見なかった彼女の手は固くってあかぎれが切れている

彼女の腹の縫い目に僕は深く同情する

僕は自分の口をいやらしい笑いかたをする貧しい娘で汚《よご》す

君は独《ひと》りだ　もうじき朝だ
牛乳配達が往来で彼らの罐《かん》を鳴らす

夜が遠ざかる　美しいメティーヴのように
あれは嘘《うそ》つきのフェルディーヌか大事とりのレアですよ

君は焼けつくようなこの酒精《アルコール》を君の生命《いのち》のように飲む
焼酎《しょうちゅう》のように君が飲む君の生命《いのち》

君はオートイユへ向って歩く　君は歩いて家へ帰るつもりだ
オセアニアやギネアの未開人の礼拝物に囲まれて眠るつもりだ
これらの物神《ものがみ》は　別な形　別な信仰のキリストだ
これらの物神は闇愚《あんぐ》な希望の低級なキリストだ

さようなら　さようなら

太陽　切り離された首よ

*Zone*

## ミラボー橋

ミラボー橋の下をセーヌ河が流れ
　われらの恋が流れる
わたしは思い出す
悩みのあとには楽しみが来ると

　日も暮れよ　鐘も鳴れ
月日は流れ　わたしは残る

手と手をつなぎ　顔と顔を向け合おう
　こうしていると
　二人の腕の橋の下を
疲れたまなざしの無窮の時が流れる

　日も暮れよ　鐘も鳴れ
　月日は流れ　わたしは残る

流れる水のように恋もまた死んでゆく
　恋もまた死んでゆく
命《いのち》ばかりが長く
希望ばかりが大きい

　日も暮れよ　鐘も鳴れ
　月日は流れ　わたしは残る

日が去り　月がゆき
　過ぎた時も
昔の恋も　二度とまた帰ってこない
ミラボー橋の下をセーヌ河が流れる

　日も暮れよ　鐘も鳴れ
　月日は流れ　わたしは残る

*Le Pont Mirabeau*

いぬさふらん

秋の牧《まき》には毒がある
だが見る目には美しい
牡牛《おうし》は草を食べながら

いつとはなしに毒される
目の暈《かさ》の色　リラの色
いぬさふらんが牧に咲く
おまえの目もこの花に似て
目の暈に似て　秋に似て
すみれがかった鉛いろ
そしておまえの目のために
いつとはなしに　知らぬ間《ま》に
わたしの生活《くらし》が毒される

狩衣《かりぎぬ》すがたにハーモニカ
がやがや　がやがや　ざわめいて
学校の子供がやってくる
子供はいぬさふらんを摘む
気ちがい風が吹きだすと
まばたくそこらの花に似て

まばたくおまえの瞼《まぶた》の色の
母のような　娘のそのまた娘のような
いぬさふらんを子供は摘む

ちょうどこのとき　牧人《うしかい》は
静かな歌を歌いだす
ちょうどこのとき牝牛たち
のろくさ　のろくさ　啼《な》きながら
秋にまばらに花の咲く
広い牧場《まきば》をあとにする

*Les Colchiques*

# アンニー

モビルとガルヴェストンの間《かん》
テキサス州の海岸に
薔薇《ばら》のいっぱい咲いている
大きな　大きな庭がある
そこには別荘《ヴィラ》も一つある
それも大きな薔薇みたい

たったひとりで　その庭を
ひとりの女が散歩する
菩提樹《ぼだいじゅ》並木でふちどった
道路を僕が通るとき
僕らは見合わす顔と顔

彼女はメンノニット*です
つまり彼女の薔薇の木には
蕾《つぼみ》が一つもありません
つまり彼女の衣服には
ボタンが一つもありません
僕の着ている背広にも
ボタンが二つ足りません
僕とあの貴婦人は
同じ教義の信者です

訳注　Mennonite　再洗教派の信者。

*Annie*

# クロチルド

恋とさげすみにはさまれて
メランコリヤの眠る庭
アネモネと小田巻草《おだまきそう》が
生《は》えている

僕らの幽霊もやってくる
（夜になったら消えるはず）
日向《ひなた》の幽霊はさびしそう
太陽もいっしょに消える

かみの毛を
水のすだまが流してる
おまえも追ってゆくがよい

恋しいおまえの幽霊を

*Clotide*

## マリジビル*

ケルン市内の高辻《たかつじ》あたり
宵《よい》のあいだは行ったり来たり
かわいらしさを売りものに女は客を引いていた
更《ふ》けて歩道の稼《かせ》ぎにも疲れてくると
怪しげな飲み屋の奥で飲んでいた

赤毛の若いひもののため
いつも女は文《もん》なしだった
ひもというのがユダヤ人　おまけに大蒜《にんにく》くさかった

台湾がえりの上海《シャンハイ》の
淫売宿《いんばいやど》でかどわかしてきた

雑多な男女を知ってるが
みんな不当に不運にすぎる
枯葉みたいにがさついた
彼らの目つきは残り火だ
心ときたら住むどや街のドアさながらにがたがただ

*Marizibill*

訳注　Marie-Sybille をもじった女の名。

# マリー

小娘でここで踊ったあなた
祖母《おばば》でここで踊るだろうか
ここの踊りのマクロット？
マリーよ　あなたはいつ戻る？
ありたけの鐘を鳴らして祝おうに！

仮面《おめん》をつけた人たちもひっそりとして踊ってる
楽隊は遠いところで鳴っている
空から聞えてくるみたい
そうなんだ　あなたを僕は愛したい　だがそっと！
そのほうが悩むにしても楽だもの

小羊たちは雪の野原《のはら》を去ってゆく
白い毛房《けぶさ》　銀の毛房　兵隊たちが歩いてる
心ひとつがなぜないか
僕のものではなぜないか
移り気で　正体もないあの女《ひと》の？

波立つ海ほど大きくうねる
あなたの髪がどこへなびくか
それさえ僕にわかるだろうか？
秋の落葉のあなたの手までが
ふたりの誓いを埋《うず》めて積る

古文書《こもんじょ》一冊小脇《こわき》にかかえ
セーヌの岸を歩いていると
うれいは水の流れに似てる
水は流れて果てしがないが

今週はいつになったら終るだろうか?

*Marie*

## 白　雪

天使の群れで空はいっぱい
一人は士官の服を着て
一人は料理人《コック》の服を着て
ほかの皆《みんな》は歌いだす

青空いろの士官どの
クリスマスから日がたてば
やがてやさしい春が来て
おまえに見事なお日さまの

勲章をさえあげるだろう
料理人《コック》は鵞鳥《がちょう》の毛をむしる
ああ、雪がふる、雪がふる
それにつけても思い出す
かわいい娘はなぜ去った

*Blanche Neige*

## サロメ

もう一度ジャン・バプチストを微笑させるためになら
王よ　わたしは熾天使《セラフィン》より巧みに踊りましょう
母よ　あなたはなぜにおさびしいのです
ドーファンの側《かたわ》らに伯爵《はくしゃく》夫人の服を着て

茴香《ういきょう》の花の中に彼の声を聞きながらわたしが踊ったとき
彼の杖《つえ》を飾るための彩旗に
わたしが百合《ゆり》の刺繡《ぬいとり》をしていたとき
わたしの心臓は強く強く鳴りました

それなのにいま誰のためにわたしは刺繡《ぬいとり》をいたしましょうか
彼の杖はジョルダン河の岸に帰って花を咲かせています
エロード王よ　あなたの兵士たちが彼を引立ててきたとき
わたしの庭の百合の花はみんな一度に凋《しお》れました

皆のものよ　わたしといっしょに五列樹の陰においで
美しい王の道化役《どうけやく》よ　お泣きでない
おまえの鈴のついた笏《しゃく》を置いてこの首をとれ　そうして踊れ
母よ　ふれたもうな　彼の額はもう冷たいのです

王よ　薙刀兵《なぎなたへい》の前に進め　後ろに進め
穴を掘ってその中へ彼を埋《うず》めましょう
花を植えて輪になって踊りましょう
わたしが靴下どめを失うまで
王が煙草入《たばこいれ》を失うまで
王子が念珠を失うまで
僧正が祈禱書《きとうしょ》を失うまで

*Salomé*

## 辻《つじ》芸人

ルイ・デュミュールに

道化《どうけ》の群れが遠ざかる
場末の土地の庭沿いに

お寺さえない村里の
安旅籠《はたごや》屋の門《かど》を出て

村の子供が先に行く
夢みごこちでついて来る一団もある
果樹はやむなくあきらめる
遠くから挨拶《あいさつ》を送られて

重量あげの鉄亜《てつあ》鈴《れい》
太鼓に金《きん》の輪
おとなしい動物　熊《くま》と猿《さる》
道々小銭を集めてる

*Saltimbanques*

# ジプシー女

ジプシー女の手相みはあのときすでに知っていた
ふたりの命《いのち》の行末が闇夜《あんや》にへだてられてると
〈あばよ〉と僕らは言って出た　ところが意外
まっ暗な井戸の底から希望が湧《わ》いた

飼い熊ほどに重苦しい恋ではあったが
いちおうは　立って踊りもしてくれた
さるほどに青い鳥から羽が抜け
乞食《こじき》は報謝を拒まれた

地獄へ落ちるも同じだとわかっていても
行きずりの恋の望みも捨てがたく
手をとりあっているひまも

思い出すのはあのときのジプシー女のあの予言

*La Tzigane*

## 秋

霧の中をがに股《また》の農夫が犢《こうし》を曳《ひ》いて
静かに歩いてゆく　秋の霧の中を
貧しくて慎《つつま》しやかな小村がはるかにかすんで見える

向うへ歩いてゆきながら農夫は小声に歌っている
恋と心変りの出てくる歌
指輪と傷ついた心臓の歌

ああ！　秋が　秋めが夏をほろぼした

灰いろの二つの影が霧の中を歩いて消える

*Automne*

## ロズモンド

アンドレ・ドランに

アムステルダムで　たっぷり二時間
後《あと》をつけまわしたその奥方の
姿が消えた家の踏段下で
僕の指はいつまでも
接吻《せっぷん》を投げつづけていたものだ

それなのに運河には人気《ひとけ》がなかった
河岸《かし》がまた同様だった

おかげで誰も見なかった
その日二時間も命を捧《ささ》げたその女《ひと》を
僕の接吻がどうして再び見つけたか

オランダ国に咲きかおる
あの女《ひと》の唇《くちびる》を思い出すのによかろうと
ロズモンドと僕は彼女にあだ名をつけた
さてそのうえで僕はこっそり立ち去った
世界の薔薇《ローズ・ド・モンド》を探《さが》そうと

*Rosemonde*

## ラインの夜

僕の杯は炎のようにわななく葡萄酒《ぶどうしゅ》でいっぱいだ

足につくほど長いみどりの髪をくしけずる
七人の美人を月の中に見た
一人の舟子《かこ》が歌いだすゆるやかな節を聴《き》きたまえ

あの舟子の歌が僕に聞えなくするためだ
立って　輪になって踊りながらもっと声高く歌いたまえ
そして僕のそばへ連れてきてくれ　髪を編んで巻きつけた
ブロンドの娘たちは一人残さずに

ライン河　ライン河は酔っている　葡萄畑《ぶどうばたけ》を映して
夜の星かげは金色にわなないて降ってきてそこに映ってる
あの声は瀕死《ひんし》の人の残喘《ざんぜん》のようにいつまでも歌いつづける
夏を呪禁《まじな》う緑髪のあの妖精《ようせい》たちの上を

僕の杯は砕け散った　哄笑《こうしょう》のように

*Nuit rhénane*

## 鐘

美しいわたしのチガーヌよ　恋人よ
鐘の鳴るのを聞くがよい
誰も見てはいぬと思って
しきりに二人は愛したのだ

それなのにかくれようが足りなかった
三里四方の鐘つき堂で
鐘めが二人を見ていたそうで
今あのように言いふらす
明日《あす》になったら権太《ごんた》や三次

お花お玉やさておよし
パン屋の亭主も主婦《かみ》さんも
わたしの従妹《いとこ》のお雪まで

わたしが通ると笑うだろう
穴があったらかくれたい
おまえは遠くにいるだろう
わたしは泣くだろう、死ぬだろう

*Les Cloches*

## ローレライ

ジャン・セーヴに

昔バカラシという所にブロンドの魔法使がひとり住んでいた

近くに住む男たちをひとり残さず恋死《こいじに》させた

僧正さまが裁《さばき》の庭に彼女を呼び出しなされたが
あまりにも美人すぎ調べずに放免なされた

〈宝石でいっぱいな目をした美しいローレライよ
どこの魔法使からそなた魔法は習ったか〉

〈わたくし生きるのが厭《いや》になりました　この目は呪《のろ》われておりまする
僧正さま　ひと目わたくしを見た者は　ただそれだけで死にました

わたくしの目は炎です　宝石ではありません
こんな魔法なぞ炎に投じてくださいまし〉

〈その炎がわしの身を焦がすのじゃ　おお　美《うるわ》しのローレライ
ほかの誰かにそなたの処罰はしてもらおう　わしはそなたに魅入られた〉

〈僧正さま　何ごとですか　わたくしのために聖母に祈りでもなさることか　あなたは笑っておいでになる
どうかわたくしを死なせてくださいまし　そして神さまがあなたをお守りなさるよう

わたくしの恋人は遠くの国へ行ってしまいました
愛するもののなくなったわたくしです　どうぞ死なせてくださいまし

心が痛くて堪《た》えませぬ　死なねばならぬわたくしです
自分を見たらそれだけで死なねばならぬわたくしです

心が痛くて堪えませぬ　死ぬよりほかはありませぬ
あの人が姿を消したその日から　心が痛くて堪えませぬ〉

僧正は槍《やり》ひっさげた三人の騎士を呼びよせた

〈この狂女めを修道院へと引きたてろ
行け　狂ったロールよ　行け　落着かぬまなこのロールよ
黒と白より身につけぬ尼僧にそなたをしてとらす〉

やがて四人は連れだって街道筋へと出て行った
騎士たちにローレライは嘆願した　星ほども彼女の瞳《ひとみ》は輝いた

〈騎士たちよ　あの高い岩にわたくしを登らせてくださいまし
もう一度あの美しい自分のお城が見とうございます

もう一度河に水鏡がしとうございます
そのうえでわたくし処女と後家さんたちの修道院へはまいります〉

岩上に立つや風が来て解いた彼女の髪の毛を吹きみだした
騎士たちは〈ローレライ　ローレライ〉と叫びつづけた

〈はるか彼方《あなた》のラインの水を小舟が一隻近づいてくる
わたくしの恋人が乗っている　わたくしを見つけた　そして呼んでいる
心が急に楽しくなる　恋人が来てくれました〉
そのまま彼女は俯伏《うつぶ》して　ラインの水に落ちてゆく

ラインの水に映ってる美《うるわ》しのローレライを
水色の目を　太陽《ひ》の色の髪の毛を見た科《とが》で

*La Loreley*

一九〇九年

そのご婦人は

紫綸子《りんず》の長衣《ローブ》をお召しになっていた
金糸の刺繡《ぬい》の胴着の袍《ほう》は
双の肩から垂れさがる
二つの領巾《ひれ》に成っていた

天使のように踊る眼《まみ》
彼女はにこにこ笑ってた
フランスの国旗の色の顔だった
青い眼　白い歯　赤い唇《くち》
フランスの国旗の色の顔だった

デコルテは円《まる》がただった
レカミエ巻きに結っていた
露《あらわ》な腕のあでやかさ

十二時はいつになったら鳴るのやら

紫綸子の長衣《ローブ》の上に
金糸の刺繍《ぬい》の胴着を羽織り
円いデコルテのそのご婦人は
捲毛《まきげ》を
金の鉢巻《はちまき》を
これ見よがしに歩きまわった
バックルづきのかわいい靴をひきずって

あまりにも彼女が美しいので
君は惚《ほ》れかねたことだろう

そのころ僕は愛していた　ひどい地域の下等な女たちを
そこには毎日のように新顔が生れ出た
彼女たちの血は鉄であり　脳味噌《のうみそ》は炎だった

《事》に巧みな女たちを僕は愛していた
美服や美貌《びぼう》はむだな泡《あわ》だと思っていた
その女《ひと》はあまりにも美しかった
おかげで僕は恐れをなした

*1909*

## 獄中歌

――ラ・サンテ刑務所にて

### I

監房へ入る前に
僕は裸体《はだか》にされた
すると悲しい声が吠《ほ》えだした
ギヨーム　きさまは何のざまだ

墓穴から這《は》い出してきたラザロの姿で
僕はあべこべに入るのだ
あばよ　しばよ　陽気な友よ
昔よ　女よ　さよならよ

Ⅱ

ここでは僕はもう
自分が自分のような気がしない
僕は今では
十一班の十五番という物体だ

窓のガラスごしに
太陽が流れこむ
光線は僕の詩稿の上で
道化《どうけ》役者に化けて

踊りだす
僕は耳を傾ける
誰かが足で
天井をたたく

III

熊《くま》のように溝《みぞ》の中を
毎朝僕は散歩する
いつも同じ場所をまわりながら
空は青い　鎖のようにつながれて
熊のように溝の中を
毎朝僕は散歩する

隣の監房では
水道の音がする
鍵《かぎ》をがちゃがちゃ鳴らし

監守が行ったり来たり
隣の監房では
水道の音がする

Ⅳ

青ざめた赤裸《はだか》の四壁《しへき》の中で
僕はなんと退屈だ
一匹の蠅《はえ》が紙の上の不揃《ふぞろ》いの
僕の筆跡づたいに小股《こまた》に歩む

僕の苦悩をご存じの神さまよ
僕は一体どうなるのでございましょう
じつはこの難儀もあなたが下さいました
涙も流れぬ僕の目と青ざめた僕の顔と
鎖でしばられた僕の椅子《いす》の響きと

この刑務所の中で動いている多くのかわいそうな心臓と
僕にまだつきまとっているいろ恋を
おあわれみください　ことに僕のこの弱い理性と
たちまちにそれを負かしてしまうこの自棄《やけ》を
神さま　特別におあわれみ下さい

V

時は静かに過ぎる
葬列のようだ

それなのにやがておまえは泣くだろう
泣いて過す今の時も
ほかの時と同じように
あまりに早く去ってしまったと

## VI

市《まち》の響きに僕は耳を傾ける
見晴しを持たぬ囚人の僕には
意地のわるげな青空と
刑務所の高壁が見えるばかりだ

日が暮れてゆく　そうら見ろ
刑務所の中にもランプが一つ点《つ》いたぞ
美しい光よ　なつかしい理性よ
監房の中で僕らはみんなひとりぼっちだ

*A La Santé*

## 病める秋

病んで愛される秋よ
おまえは死ぬだろう　ばら園に嵐《あらし》が荒《すさ》ぶころ
果樹園に
雪がつもるころ

哀れな秋よ
死ね　雪の白さと
熟した果実の豊かさの中で
空の奥には
はやぶさが舞っている
恋をしたことのない
短い緑の髪《かみのけ》をもった水の精《ニックス》の上に

*Automne Malade*

遠くの森のふちで
鹿《しか》が鳴いた

僕は好きだ　秋よ　おまえのもの音を
誰も摘まぬのに落ちてくる果物と
すすり泣く風と林と
落ちてくる涙　秋の落葉よ
蹂《ふ》みにじられる落葉よ
走りゆく
汽車よ
流れ去る
生命《いのち》よ

# 狩の角笛《つのぶえ》

僕らの恋のいきさつはお上品だが劇的だ
暴君の顔の表情そっくりだ
突飛な事件やごまかしや
さては些細《ささい》なできごとが
僕らの仲を激化した形跡なぞはさらにない

そうだタマス・デ・クィンシーも
甘くて清い毒薬の阿片《あへん》に溺《おぼ》れていながらも
愛するアンのいる家へ　夢の思いで通《かよ》ったのだ
消えるが恋のさだめなら　さあ　忘れよう　忘れよう
だが僕は何度も思い出しそうだ
思い出は狩の角笛

風のなかに音《ね》は消えてゆく

*Cors de Chasse*

# *Vitam Impendere Amori*（一九一七年刊）

「命は恋に捧げまし」

## 恋は死んだ……

恋は死んでしまった　あんたの腕に抱かれて
あんたは思い出すか　あれとの初の出会いを
あれは死んでしまったが　あんたはまたやりなおすだろう
あれは戻ってくる　あんたと出会おうと

またしても春が過ぎ去る
僕は思い出す甘やかだったことがらを
去ってゆく季節よ　さようなら
同じほど甘やかに　もう一度ふたりの上に来ておくれ

*L'amour est mort*

## 色の褪《あ》せた夕ぐれの中で……

色の褪せた夕ぐれの中で
さまざまの色恋がひしめいている
そなたの思い出は鎖につながれて眠っている
遠のく僕らの影から遠いところで

おお　記憶がつなぎとめる手よ
しかも薪《まき》ほど熱くって
しかも最後の不死鳥の
黒こげの完成が来て宿る

ひと目ひと目に鎖は磨滅《へ》るが

僕らを笑う思い出は
嘲《あざけ》りながら逃げてゆく　そなたにあれが聞えるか
ところで僕はまたしてもそなたの前に膝《ひざ》まずく

## *Dans le crépuscule fané*

見棄てた僕の青春よ

凋《しお》れた花絡《はなひも》さながらに
見棄てた僕の青春よ
さるほどにいま新しい季節がくる
侮蔑《ぶべつ》と危惧《きぐ》を道連れに
景色というのが書割だ
見せかけの血潮の川が流れてる

星の花さく木の下に
道化《どうけ》ひとりが通行人

そなたの頬に　背景に
冷たいライトがちらついて
ピストルの音　喚《わめ》く声
闇《やみ》に一つの肖像が笑って消えた

額のガラスは破《わ》れている
妙な調子の鼻唄《はなうた》は
音《おん》と意味　未来と過ぎた思い出の
中途はんぱな歌いぶり

凋れた花絡さながらに
見棄てた僕の青春よ
さるほどにいま新しい季節がくる

悔悟と理性を道連れに

*O ma jeunesse abandonnée*

# カリグラム（一九一八年刊）

# 雲の幽霊

パリ祭の前夜だった
午後の四時ごろだった
僕は街へ出た　辻《つじ》芸人を見るためだ

戸外で芸をしてみせるあの連中を
パリでめったに見かけなくなった
僕が子供の時分にはもっとたびたび見かけたが
みんな地方へ落ちていってしまったのだ

僕はサン-ジェルマン広小路へ出た
サン-ジェルマン-デ-プレ寺院とダントンの銅像の間の小さな広場で

僕は辻芸人を見いだした
群衆は彼らのまわりに無口にあきらめて待っていた
僕も見たいのでこの輪の群れに加わった
重い分銅《ふんどう》よ
ロングウェーのロシア労働者が片腕《うつ》で持ちあげたベルギーの市々《まちまち》よ
凍《い》てついた川の柄のついた黒い空ろな鉄亜鈴《てつあれい》よ
人生のように美味《うま》くて苦《にが》い巻煙草《まきたばこ》を巻いている指よ

よごれた敷物が地面を覆《おお》うていた
どうしても元へは戻らない折目のついた敷物だ
一面に埃《ほこり》の色をした敷物だ
耳について離れない音楽のように
黄いろや緑の汚点《しみ》が執拗《しつこ》くついていた

あの痩《や》せこけた粗野な人物を見たか

先祖の灰が胡麻塩《ごましお》ひげになって彼の頰からのぞいている
彼は自分の遺伝の全部をこうして顔に出している
手まわしオルガンのハンドルをまわしながら
未来を夢想しているらしい
楽器から出るゆるやかな声が霊妙に訴える
むせぶように　ためらうように　すすり泣くように

辻芸人たちは動かなかった
いちばん老いた一人は　若いのにやがて間もなく死んでゆく胸病む娘さんたちの
　頰の色あの紫がかった薔薇《ばら》色のシャツを着ていた

この薔薇色は彼女たちの口のまわりや小鼻のわきの
皺《しわ》の中に巣食いたがるあれだ
これは裏切者の薔薇色だ

この男は背にも同じく

自分の肺臓のいやらしい色をのせていた
腕が　腕が　いたるところで　ひしめき合った

第二の辻芸人は
自分の影だけしか着ていなかった
僕は長いこと彼を見守った
彼の顔はどうしても僕にはつかめなかった
これは首なし男だ

最後の一人は悪党面《づら》をしていた
善良で不良な無頼漢《アパシ》だった
だぶだぶのズボン　それからあの靴下どめ
化粧中のマクローとも見えた

音楽が鳴りやんだ　するといよいよ立会いの衆と談合が始まった

てんでに五文《ごもん》ずつ投げた銭が二フラン五十文になった
あの年かさの親方が芸の値段にきめた三フランにはまだ足りない

だがしかしもう誰も一文も出さないとわかると
いよいよ芸当を始めることにした
手まわしオルガンの下から肺薔薇色のシャツの幼い辻芸人が現われた
手首と踵《かかと》に毛皮をつけて

彼は短い叫びを立てた
愛らしく腕をひろげて一礼した
手さきをひらいて

片脚を後ろへ引いた跪拝《きはい》の姿で
すなわち四方に向って頭を下げた
ひょいと球の上にのったとき
ほっそりした肢体《したい》がなんとも甘やかな音楽に化《な》ったので見ている誰もが感動した

まるで人間らしさのない小さな精霊だと
皆が思った
するとこの形態の音楽
例の先祖に顔をいちめんに覆《おお》われた男がまわす
手まわしオルガンのそれを破壊した
幼い辻芸人が輪になった
見るから美しい調和があった
おかげでオルガンは鳴りやんだ
オルガン弾《ひ》きのその男は両手で顔を隠してしまった
ひげの中からのぞいている小さな胎児
彼の運命の子孫のような指だった
もう一度赤人《せきじん》の叫び声
樹木の天使のような音楽
少年の退場

辻芸人たちは大きな鉄亜鈴《てつあれい》を腕の力で持ちあげた

彼らは分銅を手玉にとった
だが立会いの衆はひとりのこらず自分の内部にあの秘蹟《ひせき》の少年をさがしていた
世紀よ　おお　雲の世紀よ

*Un Fantome de Nuées*

## 雨がふる

思い出の中でさえも
死んでしまった女たちの声のような
雨がふっている
おお　雨のしずくよ
僕の一生の楽しいめぐりあわせよ
君らもふっている

馬のように暴《あば》れまわる
あの雨雲が
響きの市々《まちまち》の別天地をいななきだす

後悔とあざけりが
昔の音楽を泣いているひまに
雨がふるのを聞くがよい

上から下から
おまえを支《ささ》える絆《きずな》の糸が
落ちてくるのを聞くがよい

*Il pleut*

# 刺殺された鳩《はと》と噴水

刺殺されたやさしいおもかげよ
花のようななつかしい唇《くちびる》よ
ミヤよ　マレイエよ
そうしておまえ　私のマリーよ
君らは今どこにいるのか
おお娘たちよ
ああ、それなのに
噴水のかたわらで
祈りかつは泣く
この鳩は失心する
そのかみの日の思い出よ
戦争に行った私の友人よ

眠る池水の中から
君らのまなざしが天へ噴《ふ》きあがる
そうしてさびしげに死んでゆく
ブラックはマックス・ジャコブはどこにいるのか
夜明けのように灰色の眼のアンドレ・ドランはどこにいるのか
レーナル　ビリー　ダリズたちはどこにいるのか
寺院の中になりひびく足音のような
その名を思い出すさえ心はくもる
志願兵になったクレムニッツはどこにいるのか
今ではもう皆が死んでいるかもしれぬのだ
ああ　思い出で私の心はいっぱいだ
ああ　噴水が私のなげきの上に泣く

戦争に出た彼らは北方でいま戦っている
夕ぐれがおりてくる　おお　血のような海
戦いの花　月桂樹《ラウレル》がおびただしく血を流す

この庭のなか

*La colombe poignardée et le jet d'eau*

## はがき

テントの下で僕はあんたにこれを書く
夏の一日《ひとひ》が暮れのこる
ほんのり青い大空に
すさまじい砲撃の
めまぐるしい花ざかりが
咲くと見るまに消えてゆく

*Carte Postale*

# 交代

一人の女が泣いていた
エ！　オ！　ア！
兵隊が通っていた
エ！　オ！　ア！
閘門番《こうもんばん》が釣《つ》りしていた
エ！　オ！　ア！
塹壕《ざんごう》が白くなっていた
エ！　オ！　ア！
砲弾が屁《へ》をたれていた
エ！　オ！　ア！
マッチに火がつかなかった
そうして僕の内に
すべてがひどく変ってた

僕の恋を例外に
すべてがひどく変ってた
エ！　オ！　ア！

*Mutation*

## 消えた美女

あっちへ行け　消えてゆけ　僕の虹《にじ》よ
行っておしまい　やさしい色よ
消えるがあんたの性分だ
褪《あ》せやすい色のヴェールに包まれた王女よ

太陽が消えたので
虹も消えた

そうして北風に乗って
軍旗があんたのかわりに舞いあがる

*La grace exilée*

## 見つかった捲毛《まきげ》

彼は見つける　記憶の奥に
栗色《くりいろ》の捲毛の房を
あんたは思い出すだろうか
あの信じがたいほどの奇《く》しき二人の運命を

ド・ラ・シャッペルの広小路
美しいモンマルトルもオートイユも
思い出しますわと彼女がささやく

はじめてお宅へ伺ったあの日のことも
僕の思い出の捲毛の房は
秋のようにそこに舞い落ちた
そしてあんたを驚かす僕ら二人の運命は
暮れてゆく日を追ってゆく

*La boucle retrouvée*

## 露営のともしび

露営のともしびが
幻のすがたを照らし
わが思いしずしずと
樹間にのぼる

苺《いちご》のように傷ついた
悔恨をさげすむ心
思い出と秘密と
その燠《おき》のみはなおも残る

*Les feux du bivouac*

## 出発

木の葉は顔いろ青ざめて
すすり泣き力なく
まっしろな花弁の雪のように
あんたの手の上に降る私の接吻《せっぷん》のように

秋の木の葉がしげくふる

*Le départ*

## 未来

敷藁をひろげよう
雪をながめよう
手紙を書こう
命令を待とう

恋人を思いながら
パイプを吹かそう
堡塁《ほうるい》はそこにある
薔薇《ばら》の花をながめよう

泉は涸《か》れてはいない
藁《わら》の黄金色《きんいろ》も褪《あ》せてはいない
蜜蜂《みつばち》を眺《なが》めよう
そうして未来は思うまい

掌《てのひら》を眺めよう
掌は未来のように
雪であり　薔薇であり
そしてまた蜜蜂だ

*L'avenir*

# 小鳥が歌う

どこやらで小鳥が歌う
僕のために祈るあんたの魂らしい
三文《さんもん》兵隊の中に交って
そうして小鳥は僕の耳を酔わせる

お聴《き》き　小鳥がやさしく歌っている
どの枝にいるのか僕にはわからない
そうしてどこへでも僕を酔わせながらついて来る
夜も昼も平日も日曜も

この小鳥について何を言おう
空《そら》が心になり、空が薔薇《ばら》になり

魂が木の間《ま》の歌になる
この転身について何を言おう

兵隊どもの小鳥は恋だ
そうして僕の恋は一人の少女《おとめ》だ
少女《おとめ》は薔薇の花よりも完全だ
僕のためにあの青い小鳥は歌いやまぬ

神さまのような心の
僕の恋人の青い心よ
そうして青い小鳥よ
彼方《むこう》の地平線に鳴り響く

あの陰気な速射砲のように休みなく
ああして人は星を撒《ま》いているのか
こうして日と夜とがすぎる

# 青い恋と青い心とがすぎる

*Un oiseau chante*

## 或る星の悲哀

見事なミネルヴァ*　これこそは僕の頭が産《う》んだ子供だ
血で描いた星形が永久に僕に王冠を着せてくれる
女神《めがみ》よ　すでに久しくそなたが武装してくれたこの頭の
底には理性があり頂には天国がある

だからこそ　あやうく命取りになりそうなこの弾疵《たまきず》も
星形に裂けたこの疵も僕の最悪の痛手では決してない
僕の譫語《うわごと》をはぐくむあの人の知らない不幸となると
これはかつてまだどんな魂も宿したことのないでっかいやつだ

この燃えさかる苦痛を僕は身中にいだいている
螢《ほたる》が絶えずその身を焦がしているように
兵士の胸に祖国フランスが鼓動しているように
百合《ゆり》の花心《かしん》に香ばしい花粉が込めてあるように

*Tristesse d'une étoile*

訳注　Minerve　知識、芸術、技芸をつかさどるローマ神話の女神。また頭部や頸部《けいぶ》を正位置に保持するために使われる外科の器具、ギプスの一種。ここではその双方の意味をかけて用いている。

## 手　紙

一九一五年十一月十五日
親愛な代母の君に

……あなたはご自分の自由を守護なさるためという理由で、ガスや電気や汽車などの利用を拒否なさることもおできになるわけです。だが、ここで信じていただきたいのは、あなたがおっしゃっているような詩は、すでに第二義的な価値しか持たないものであり、また才能さえあれば、相当立派なものも作れる性質《たち》のものですが、人間性からあまりにも隔離してしまって、結局、才子や好事家《こうずか》の遊戯でしかないというのが事実です。才子や好事家などというものは、つまらない連中です。こうした半ダースにも足りないほどの同好者、同国人にしか呼びかけないというのでは、あまりにも文学的野心がなさすぎるというものではないでしょうか。僕も自作に対する七人以上の愛好者は望みませんが、ただ僕はその七人の男女の性も国民性も、また身分もそれぞれに異なることを望みます。つまり僕は自分の詩篇を、一人の黒人のアメリカ拳闘《けんとう》選手が、一人の中国の皇后さまが、一人のドイツの新聞記者が、一人のスペイン画家が、一人の由緒《ゆいしょ》ある家系の若いフランス婦人が、一人のイタリアの若い農婦が、インド駐《ちゅう》屯《とん》のイギリス士官が、愛してくれることを望みます。

これからの詩人が、旧来の詩法を守りつづけて創造しうる作品なんか、タカの知れたものでしかありません！

coup d' éventail coup de canon coup

L L O
N A A A
L U N R B
A I EI M EI
T C E LL
E S E
S DESSEINS

O
L
Y
S
S
O
U
DAIN
FLEURIS
DE
CES
E
CLA
TE
M
ENTS

L
E
P
E
R
I
S
COPE
qui
nous
lor
gne

ORDRE

et cette
pâle vie
auprès d'un
cimetière
ennemi

La flamme

Mais la
LETTRE EST LA DEMEURE

TANT
pis si le
destin s'affole

cœur
du

le signe
E H
V U
Eillez-vous M O mon
A a
I m
N i
mon O e
amie

かりにもあなたに、トルストイのような、ドストエフスキーのような、バルザックのような、ゾラのような、またもっと古くはラブレーのような大才のある若者が、韻語辞典をたよりに、詩を作っている様子を想像なさることがおできですか？　フランス詩人のモデルのようなラ・フォンテーヌでさえが、あれほどクラシックでありながら……おわかりいただけると思いますから、これ以上は申上げません。あなたも使用なさる表意文字的または速記文字的略語の存在理由なるスピードは、略語の必然性を裏書きしこそすれ、僕に対する反対論証にはなりません。

まずもって、君よ、僕はあなたに、この扇の詩を捧げます。つまり、現在僕が、自分のもとの作詩法とは別な、そして新しい美にとりつかれているとおわかりいただけると思います。

なにはともあれ、僕はあなたが差出されるお手の指に敬意をこめて接吻《せっぷん》いたす者です。

さるほどに二人の顔は蒼《あお》かった
すすり泣きはふるえてた
接吻の上に置かれる手のような

白い花弁の雪のあと
秋の木の葉が散ってきた。

G・A・

# 詩集

（一八九五―一九一七年作、一九二五年刊）

# 祝婚歌

すでに遅すぎる　すでに遅すぎる　男が攫《さら》っていった
夕ぐれのさびしさの中で乳房《ちぶさ》の美しい僕の妹を
見なれた星の下で僕は聞く気になれなかった
その《愛人》が彼女に与える接吻《せっぷん》の音を

狩が　おお　妹よ　狩が夜々《よなよな》角笛《つのぶえ》を鳴らしつづけた
角笛吹きが遠いところで空《むな》しい音を響かせた
さて死にかけていた頭がそなたの乳房を引き裂いた
陰気な《聖人》に裏切られた額を活気づけようと
夢を見よう！　夢を見よう　妹よ！　――そなたの編髪《あみげ》は美しい！　――

そなたは多産な女の金いろの夢を見るか？
やがてこの夢も他の昏睡《こんすい》同様無意味になり
彼がそなたに言う　そなたが一度も愛してはくれなかったと

おお　妹よ　其処から戻ってくる猥《みだ》らな処女よ
魔宴の道士《マージ》にそなた身を任せはしなかったか？
そなたをあそこで裸にしたあの知りたいという気持
あれは　あの未知のコントに似るだろうか

まだ読み果てぬ書物に　乙女《おとめ》たちの愛に似るだろうか？
あれがそなたの意志の力というのだろう　おお！　あれほどそれがそなたに欲しかった
乳房の凝《しこ》りすぎる乙女よ　紅玉《ルビー》の穂先の箒《ほうき》よ
おお　乙女よ　おお　妹よ　なぜ身を任せてしまったか？
そなたの足もとに夜明けが夾竹桃《きょうちくとう》の花を投げた
そなたの花が　そなたの乳房が　そして夜が　眠りが

おお　眠る森の美女よ僕を半殺しにした！
あの情人の馬の速歩《はやあし》の聞えてくるのを待つひまに

それなのにそなたは尻馬《しりうま》に乗って去った《道士《マージ》》はそなたに接吻した
眼の上に　乳房の上に　口の上に　ずうずうしく！
おお　言っておくれ　言っておくれ　妹よ　何を彼があえてしたか！……
そなたはいままた帰ってきた　よろめきながら　おお　僕の妹よ！
女たちが裸で出かけるあの火の国から
そなたを愛した男たちの肢体《したい》の黒い国から
四辻《よつつじ》の角で長々とのびた肉体が気絶する国から
太陽がその血を光線にして地球にそそぐためだとあって
毎日その首を切り落すあの国から

*Epithalame*

## 或る詩

彼は入ってきた
彼は腰かけた
彼は赤毛の坩堝《るつぼ》は見なかった
マッチが発火した
彼は出ていった

*Un poème*

もっと速く行こう

すると夕暮が来て　百合《ゆり》の花が凋《しぼ》む
美しい空よ　見るがよい　そなたゆえの僕のこの悩みを

# わびしい一夜

少年よ　ほほえめ　妹《いも》よ　聴《き》け
貧しい者たちよ　大道を歩め
おお　僕の声に応じて現われる嘘《うそ》つきの林よ
魂を焼き焦がすほのお

グルネル広小路に
職工たちと親方たち
五月の樹木　まるでダンテルだ
空《から》いばりはよせよ
もっと速く行こう　畜生
　もっと速く行こう

電信柱はみんな
彼方《むこう》から河岸《かし》沿いにやってくる

*Allons plus vite*

わが共和国はその胸に
河岸沿いに密生する
この鈴蘭《すずらん》の花束を置いた
もっと速く行こう　畜生
　もっと速く行こう

口をハート型につぼめて恥ずかしがりやのポーリーヌ
　女工たちと親方たち
そうとも　そうとも　嘘つき美人め
　あんたの兄さんだ
もっと速く行こう　畜生
　もっと速く行こう

# 出《で》鱈《たら》目《め》集

（一九二六年刊）

# 星

僕はガスパールを思う　たぶんこれは彼の本名ではあるまい
彼は旅をする　彼はこの市《まち》を去った
青い小舟　そこでは大勢の子供たちが彼をパパと呼んでいた
七つの島を前にした静かな湾の奥で
ガスパールは歩いているそして米を茶をなつかしがる
　　夜は天の川を
彼が歩くのは夜に限るので
たびたび眼につく
　　だがガスパールは知っている
それを追ってはいけないと

*L'Étoile*

## 帽子－墓

彼の墓には
人たちが
彼の帽子にとまってた
小鳥をとって巣食わせた

彼は一生を
アメリカで送った
この小さな金の
　鳥類学の
臀《しり》

ところで
僕はもううんざりだ
僕は小便がしたいんだ

*Chapeau - Tombeau*

# 雑集

# 贈物

もしもそなたが望むなら
あげよう
朝を　僕の陽気な朝を
そしてそなたの好きな
僕の明るい頭髪《かみのけ》を
青みある金《きん》いろの眼を

もしもそなたが望むなら
あげよう
日向《ひなた》で朝が目ざめるとき
聞えるもの音のすべてを

そして近くの噴水の中を流れる
水のひびきを
やがて来るであろう夕《ゆうべ》を
僕のさびしい心の涙の夕を
そして小さな僕の手を
そしてそなたの心のそば近く
おいてもらいたい
この心を

*Le présent*

真夜中

暗き
陰にて

時は
泣く
月
なく
音
なき
夜半を

*Minuit*

シャンソン

桃金嬢《ミルタ》は
姿のないご婦人のため

マヨナラは僕の心のため
　トラララ！
忍冬《にんどう》は
　決心しかねておいでの美しい女《ひと》のため
いつ苔桃《こけもも》は摘みましょう
　ランテュリュリュ
けれどもお墓のまわりには
　おお　恋男《こいびと》よ！　恋女《こいびと》よ！
こんもり繁《しげ》って株になる
　迷迭香《まんねんこう》を植えましょう！
　　ライトー！

*Chanson*

# 昨日《きのう》

昨日　それはわたしが長いあいだ被《かむ》り歩いて
色の褪《あ》せてしまったこの帽子です
昨日　それは流行のすぎてしまった
このみすぼらしい服です

昨日　それはかつて美しかった
そうして今ではこうも空《うつ》ろな尼寺です
昨日　それは少女《おとめ》の心の
薔薇《ばら》いろのメランコリヤです

昨日　それは戸迷《とまど》いしたわたしの心
それは去年のことでした
昨日は今宵《こよい》　わたしの部屋の中で

わたしの身のまわりの一つの影でしかありません

*Hier*

## 蛙《かえる》の住む沼

小島の岸で
空《から》のボートがお互いにかちあっている
今では
日曜日もふだんの日も
画家たちもモーパッサンも遊びには来ない
うでまくりしてボートに乗って
キャベツのように愚かで
胸の厚い女を連れて
ボートよ　君らは私を嘆かせる

小島の岸で

*La Grenouillère*

## シネマへ行く前

そしてそのあとで今夜ゆこうよ
シネマへ行こうよ

要するにアルチストとは果して何であるか
今ではそれはもう美術を培《つちか》う者ではない
それは詩や音楽の芸術に従事する者でもない
それは要するに男優と女優の意味だ
僕らがもしアルチストなら

僕らはシネマとはいわずに
シネというだろう
だが僕らがもし田舎《いなか》教師だったら
僕らはシネマともシネともいわずに
シネマトグラフというだろう
ああ　神さま　よくよく好きでないことにゃ

*Avant le cinéma*

## 村　娘

きょう一日は長かった
どうやらそれも暮れとなる

明日《あす》も今日《きょう》と同じな日であろう
今宵《こよい》わしらはつかれている
家はわしらを待っている
湯気だつスープをしたくして
さてまた明日は夜明けから
つらい仕事が始まろう
ああ　あ
皆の衆

*Catin*

69

6と9との転倒が
怪しき数字と現われ出たのが

69であり
宿命の二匹の蛇《へび》であり
二匹の蚯蚓《みみず》である
好色なそうして神秘な数
6は3と3
9は3と3と3
すなわち三位《さんみ》一体だ
いたるところ三位一体だらけ
さてまた三位一体は
両性論と一致する
なぜなれば6は3の二倍であり
三位一体の9は3の三倍だから
されば69は両性の三位一体だ
さてまたこれらの秘術はなおなお隠密なのであるが
僕は恐ろしくって消息子《しょうそくし》を下しかねる
ともするとそこが

人間どもをこわがらせてよろこんでいる
鼻っつぶれの死の向う岸の
無窮であるかもしれぬから
さて今宵はなんと
退屈が外套《がいとう》のように僕を包むこと
陰気なダンテルの目には見えない死《し》布《ふ》のように

69

# わびしい監視兵

（遺稿詩集　一九五二年刊）

## 題詞

ところで　僕の心臓よ
なんでそんなにときめくか
塹壕《ざんごう》の中のわびしい監視兵
夜と死を見つめつづけるためですわ

*Épigraphe*

# スタヴロ詩篇（一八九九年作）

スタヴロはベルギー領アルデン地方の観光地、一八九九年夏、アポリネールは三カ月ここで過した。

## 恋

同意の接吻《せっぷん》がすんだあと
指輪が薬指にはめられる
唇《くちびる》がささやいたむつごとは
お互いの指の指輪に残ってる
おさしよこの薔薇《ばら》　髪の毛に

*L'amour*

## 白鳥

おだやかなこの夕
ひろい湖水の白鳥を
僕らふたりは眺《なが》めてた
しだれ柳は風まかせ
おりしも今日の日暮れ時

*Les cygnes*

## 女

雨にもめげずあの女《ひと》は
隣の村へと行きました

男を残して行きました
だから女は嘘《うそ》つきさ

*L'amante*

## 僕にはもうわからない

僕にはもうわからない
自分が彼女《あれ》を愛しているか
冬が僕が犯した罪を知っているか
空がウールのマントだか
人目をしのぶ自分の恋が
身内に埋《うも》れて恋死《こいじに》するか

*Je ne sais plus*

## マレイ*

かわいい女よ　言っておくれ　僕が好きだって本当か
つまりある晩　僕らの額の上で星が光ったというわけだね
そうだとも　こんな希望の代償としてなら
この身でどのような肉断《にくだち》の苦労も僕はいとわぬよ

かわいい女よ　言っておくれ　僕が好きだって本当か
万一それが本当なら　僕は夜《よる》に向って怒鳴りたいのだ
まさか今度もまたしても　僕の口と悲しい歌が
あんたの心を傷つけたわけではあるまいね

それというのも詩人オルフェは　恋ゆえ女たちに殺されたたし

竪琴《たてごと》のすすり泣きと僕らの心の泣きごとは
おお　美女よ　僕らのうるんだ目が見つめる君たちより
よりよく自然が理解してくれるからだ

かわいい女よ　よかったらいっしょに小径《こみち》を歩こうよ
驚いた小鳥たちが　僕らのまわりに舞い立とう
火のような僕らの口を冷やすのに　あんたのためには苔桃《こけもも》が
僕のためにはあんたの口があってくれるというものだ

ともすると栗鼠《りす》のやつが　生垣《いけがき》の上にはしばみの実を忘れていったかもしれぬ
僕の歯でならすぐ割れる　割れたらあんたの歯がかじる
頭の上では小鳥が鳴いて
褒美《ほうび》に僕はもらうかな　接吻《せっぷん》のひとつぐらいは

よかったら　さびしいヒースの野辺《のべ》を歩こう
白いヒースが見つかるかもしれないという希望を抱《だ》いて

あんたが母者《ははじゃ》のふところへ帰りつくのは
日がとっぷりと暮れはてて　あたりが静まりかえるころ

*Mareï*

訳注　マレイはワロン語、マリーの意。若い詩人のお目あてはMaria Duboisという名の美人であり、百編をこす詩を書いて贈ったことまで知られているが、死ぬしばらく前に彼女自身の手で破棄されてしまった。

## 熟睡

女の唇《くち》は半びらき
日はもう高い
鎧戸《よろいど》ごしに
部屋にもさしこむ
室温微温

女の唇《くち》は半びらき
いかにも静かな寝顔から
やさしく甘いその夢が
僕にもわかる
おお　甘い

僕は思い出す
いつか描《えが》いた自分の夢を
ふたりで静かな田舎《いなか》に住んで
愛の林檎《りんご》の木を囲み
月のない晩さながらの
平和な日日が持てたらと
時間つぶしに僕たちは
猫をやたらに愛撫《あいぶ》する
栗《くり》いろ髪の娘らは
せっせと林檎を摘みとった

やたらに猫にやるために
女の唇《くち》は半びらき
静かな寝息が聞えてる
今朝《けさ》　ひろやかなこの部屋は
なんとも気持のいい気温
そとに小鳥も鳴いている
もう人たちは働きだした

チック　タックと時計の振子
爪先《つまさき》で僕は出てゆく
熟睡の邪魔をすまいと

*Le bon sommeil*

# ライン詩篇（一九〇一—一九〇二年作）

# 或る夏の夕

ライン河が
流れ
列車が
走り去る

ヒース花さく草原で
白衣の水の精たちが
祈りを捧《ささ》げる今しも時刻
娘たち　ひとり残らず
井戸のまわりに集まった

〈あたいつらいの　ほんとうよ
ぞっこん惚《ほ》れちゃったんだけど
あのひと浮気らしいもの〉
いちばんの美人娘が言いました

〈あたしもあのかた好きなのさ
頭痛の種がまたふえた〉
娘の代母《だいぼ》が言いました

井戸のまわりに来てみたが
憎い気持はますばかり

## *Un soir d'été*

# 悲歌

ラインの岸辺《きしべ》のその家はいかにも小説的だった
別れの接吻《せっぷん》するときの恋人たちほどしんみりと
そよ吹く風が抱き寄せる相生《あいおい》の糸杉《いとすぎ》の上に来て
空と小鳥たちが休んでいた

大きな窓が幾つもあって
とんがり屋根の風見の鳥が
ときどき風に呼びかけた やさしい声で〈どうかしたこと?〉
入口の扉《とびら》には梟《ふくろう》が釘《くぎ》づけにされていた

こぢんまりした塀《へい》のそば 風に吹かれて
僕たちは語りあったり

そこにある慰霊碑の碑文を読んだりしたものだ
その石にあんたは何度もいつまでも腰をおろした

〈ブラエルの学生ゴットリット一六三〇年
ここに殺され
そのフィアンセも悲嘆のあまり後《あと》を追う
主《しゅ》よ　永遠の安息を彼らに与えたまえかし〉

夕づく日かげが山を血に染め
僕らの恋もすぐりの木ほど血を吐いた
さびしいドイツの秋空に星がきらめき
夜《よる》が涙をこぼすころ　僕らの足もとに光が絶えた

こんな次第で僕らの恋にまで死がまじり
遠い焚火《たきび》のまわりではジプシーたちが歌ってた
目をあいて対岸を列車が過ぎた

向う川辺の市々《まちまち》をいつまでも僕らは眺《なが》めた

## 受難

*Elégie*

路傍《みちばた》にしょんぼり立っている木彫のキリスト像が僕にはありがたい
黒い十字架につながれた牝山羊《めやぎ》が草を食べている
僕の信心が信じるともなくなつかしむ
キリスト受難の伝説をあたりの村々は悩《なや》んでいる
暮れなずむあたりの部落を牝山羊がじっと眺《なが》めてた
真っ青な果樹園に　わびしい林に　畑の中に
働いていた人たちが帰りがけに
西欧の肉桂《につけい》とでも呼びたいような刈草の香《か》に匂《にお》う
夕日に顔を向ける今がその時

僕の魂に似て血まみれでまん円《まる》い
偉大な邪教の太陽が沈みながら
遠くの村里もろともにそしらぬ顔のキリスト像を消してゆく夕日の方へ
*Passion*

## 暮れ方

ラインの岸辺《きしべ》の廃墟《はいきょ》たちよ
君らのかげでの一儀《いちぎ》は楽しい
遠くで見ていて船子《かこ》たちが
接吻《キッス》をしきりに投げてくる

恋と同じでこのあたり
廃墟の夜も足早だ

ニーベルンゲンと水神《すいじん》が　そら　そこの
ラインの水から首を出す

葡萄畠《ぶどうばたけ》へ這《は》い出して
飲み足りないとぼやいてる
*ひげもじゃの小びとどもなぞ恐るまい
それより僕らは聞き入ろう
水精《ニックス》たちの歌声に

*Crépuscule*

訳注　ひげもじゃの小びとどもは、ゲルマン神話に出てくる地下に住む種族、ニーベルンゲンの相貌《そうぼう》。アポリネールは一九〇一年ライン河畔の観光都市 Honef でこの詩を作った。

## いんげんの花をお持ちの
## ケルンのお寺の聖母像

花のひと茎おん手にお立ちの聖母　御髪《おぐし》の色はブロンドで
おん子イエズスこれがまた御髪《おぐし》の色はブロンドで
おん目の光が空か海ほど青澄んで
聖霊受胎のいきさつが誰にもすなおにうなずける

三幅対《つい》の二面にはそれぞれ聖女がひとりずつ
信心深げに過ぎ去った受難のことなぞ思ってる
空いっぱいに群がった白衣の可憐《かれん》の天使らが
歌いつづける讃美歌《さんびか》の平調曲《ひようじようきよく》に聞きほれて

この三人のご婦人と小児はケルンに住んでいた
いんげんはラインの園に咲いていていた
空高く舞う鶴を見て画工が描きたくなったのが

今あのように歌ってる天使の群れだというわけだ
国じゅうで御《おん》やさしさは第一の聖母で彼女はあったわけ
ラインの岸でつつましく彼女は死ぬまで生きました
信者のそれとも情夫《まおとこ》の精根こめて描きあげた
ギヨーム画伯の筆になる自分の姿に拝跪《はいき》して

*La Vierge à la fleur de haricot à Cologne*

訳注　碧眼金髪《へきがん》の有名な聖母像が、アポリネールには、ミス・アンニー・プレーデンの姿に見え、この恋歌を作らせた。

## ホテル

僕の部屋は鳥籠形《とりかごがた》
窓から太陽の腕がにょきっ

蜃気《しんき》楼《ろう》見たさにタバコ吸う僕だが
日光の火で一本つける
仕事はいやだがタバコは吸いたい

*Hotel*

## ダイヴィング

緑だと言われているがじつは青くて
雪ふりや雨ふりには黄いろくもなるこの河に
頭からダイヴして真珠を採り
鋼《はがね》の水中をあんたの影がさきに行き
風は端唄《はうた》を歌い　角笛《つのぶえ》は勢子《せこ》唄《うた》鳴らす
頭を下に　両目をひらいて　真珠は採るんだ
すっ裸　両脚《あし》はＹ《ワイ》の字型に琴柱《ことじ》型に開いて沈め

するとそのとき　ハンカチでいっぱいな観光船がラインの流れを下ってくる
対岸を這《は》うようにして列車が逃げ去る

*Plongeon*

## 渡船

ラインの渡船《わたし》は行っては戻る
夏の観光シーズンのあいだ
曳《ひ》いて行き来の船頭たち
苫《とま》の小部屋で寝起きのくらし

幸不幸　人のくらしの絵模様のせて
ラインの渡船《わたし》は行っては戻る
捨小舟《すておぶね》つなぐ鎖は水の中

目には見えない

船頭さんのねぐらにゃベッドもあるが
じつは空箱《あきばこ》苫の下
水神《すいじん》さまのお札の前に
夏のあいだは花たてまつる

珠数《じゆず》がひとかけ　徳利《とくり》が二三
長い鶴首《つるくび》なみなみ満たす
ライン・ワインは生《き》一本
川波ほども透《す》き通り　イヤ・リングほど照りがある

日がくれて対岸の
お寺の鐘が鳴りだすと
星のゆうべも小雨の宵《よい》も
老いた船頭はため息もらし

ぼろで造った靴はいた
足のはこびも重そうに
鐘のひびきに守られて水神さまに祈願こめ
渡船《わたし》の鎖といて行く

さあ　まいろうよ対岸へ　イエズスさまも
若い衆も別嬪《べっぴん》さんもごいっしょに
お祈りするにも濡《ぬ》れごとにも
ボートより渡船《わたし》のほうがましでしょう　時と場合で

箱馬車荷馬車
ましな荷だってたまにはあるさ
でかい蒸汽は縦に行き
渡船《わたし》はきまって横に切る

死ぬ日が来るまで船頭は渡す
渡船《わたし》はいつも行っては戻る
つなぐ鎖は姿を見せぬ
澄んだ水にも影はない

船頭はせっせともやいを解いた
さあ　渡るんだ渡るんだ
渡っても一度やりなおせ
ラインの渡船《わたし》も行っては戻るぞ

*Les bacs*

# イヴォンヌ詩篇（一九〇三年作）

アポリネールは一九〇二年九月以後、母と弟といっしょに、パリのナポリ街二十三番地に住んでいたが、これらとなりの女に与えた詩篇は当時の日記から抄録されたもの。

## となりの女《ひと》よ

今日《きょう》 五時から六時の間、あのすてきなとなりの女《ひと》のあとをつけた。レチフ*なら魔女とでも呼ぶだろう。昨日作ったあの詩はさすがに渡しかねた。

一九〇三年四月十四日の日記。

名も知らぬとなりの女《ひと》よ
蜜蜂《みつばち》ほどスマートなフェアリーよ
窓に姿を見せたかと思うと

腰をくねらせてすぐ消える憎らしいとなりの女よ
藤の花房《はなぶさ》　花かとまごうやさしい女よ

服のみどり色が**メリュジーヌを思い出させる
踊るかと小きざみなその歩《あし》はこび
服のなんど色が　おお　となりの女《ひと》よ
花の聖母にあなたを仕上げる　おん唇《くちびる》は金蓮花《きんれんか》

遠山《とおやま》なみの青い列　そのなよやかさ
天使ほどすっきりとした背があって
魅惑の姫《ひめ》よ　世の常ならぬ幻よ
昔　メリュジーヌと名のついた
ひとりのフェアリーがありました

奇《き》蹟《せき》の四月よ　あらぬ思いよ
いそいそと跳《と》びはねて　おお　世にも珍しい小鳥よ

あなたの髪はとり入れあとの葡萄《ぶどう》の枯葉
秋とそして春の聖母よ　昔　メリュジーヌという名のフェアリーがありました
おお　フェアリーよ　となりの女《ひと》よ　あなたがそのメリュジーヌでしょうか

*O ma voisine*

訳注　＊ Restif de la Bretonne (1734—1806) フランスの作家、破廉恥な生活をしながら、おびただしい量の春本もどきの小説を書いて有名になった。
＊＊ Melusine　蛇身のフェアリー。

## あなたは果樹園

聖金曜日、僕は窓に出ていた。太陽が眩《まぶ》しいので眉をよせた。となりの女《ひと》が笑った。そして言った、〈笑ったけれど気をわるくしないでくださいね！〉いっしょにボアへ散歩に出かけた。モナコのサン・モール女学院にいたことがあるのだそうだ。つまりふたりは子供の時分、向いあって暮していたわけだ。感傷的な愛すべき性格だが、そのくせカジノ・ド・パリあたりでお道楽もあそばすらしい。詩と散文を書いて渡した。

一九〇三年四月二十七日の日記。

あなたは誘惑でいっぱいな果樹園
行人の飢えにとってそれは金蓮花《きんれんか》であり
野葡萄《のぶどう》であり　二つの茨《いばら》の冠を
やさしく差出す時計草

あなたは春秋を兼ねた果樹園
果樹は退屈な空に向ってふくれあがり
春は花　秋なら果実が　夜ともなれば
あたり一面香気を満たす

果樹の枝から散り落ちた花弁は
五月の花の色をしたあなたのむごい爪《つめ》でしょう
凋《しお》れた花弁はあなたの瞼《まぶた》と似ています

おお　あなた　清らな春よ　そしてうっとりした秋よ

*Vous êtes un verger*

## 詩ぶみ

美しい禁断の果実よ
失われた楽園よ
あらゆる花が
よろこんでそこに死ぬ花瓶《かびん》よ
冬薔薇《ふゆばら》の花びらに
被《おお》われた肉体よ
おお　日向《ひなた》を飛ぶ蜜蜂《みつばち》の金いろのよろこびよ
花の乙女《おとめ》よ
おお　晴朗な光の女王よ

さそりの色のそなたの髪の毛が
僕の心臓にとどめをさした
僕は連禱《れんとう》を作って
そなたを祝福するぞ
僕はいささか気が変だが
無理もないのさ　ごらんのとおり
愛してくれない女《ひと》に迷って
好きな男が別にいて
そいつとよろしくやっている
女《ひと》に迷った見張役
蠟燭《ろうそく》片手の見張役

*Lettre - Poème*

## 詩ぶみ

湖面の月光さながらに
僕の哀れな目の中は
あなたさまでいっぱいです
両膝《りようひざ》ついてお願い申す
おお　栗《ブリユンヌ》色とも見える亜麻《ブロンド》色の女《ひと》よ

*Lettre - Poème*

## イヴォンヌ

焦げつきそうな熱い瞳《ひとみ》よ　僕の心臓に焼け穴が二つ残った
焦げ茶いろのきらめくいとしい瞳よ

似たような二羽の小鳥とまちがえそうだ
夜で重い黒い小鳥たち　死で重い恋の瞳たち
女学生時代そのままの素直さ美しさもあって
まつ毛に涙がちらつくとそのときだけがさびしそう

*Yvonne*

訳注　原作の各行は Yeux Vous, On Noir, Naïfs, Et で始まっており、頭字を拾ってつづると Yvonne となる仕組に作られているが、これは訳者の才覚では表わしえないあそびだった。

# 雑詩篇

（一九〇〇年—一九一七年作）

# 最後の一章

全民衆が公共の広場へ駆けつけた
白人黒人黄色人それに数人赤人《せきじん》も
ストライキで煙の出なくなった大煙突の立つ工場の労働者も来れば
漆喰《しっくい》でしみだらけの上《うわ》っぱりの左官も来れば
両腕血まみれの肉屋の小僧も来れば
メリケン粉で薄化粧したパン屋の職人も来れば
あらゆる種類の商店の店員も来れば
子供を抱いたりひきつれたり怖《こわ》い顔の女たちも来れば
貧しいながら出しゃばりで厚化粧めだつ身ぶりの女も来れば
不具や廃疾寸づまり手なし足なえ
坊主まで　しゃれた身なりの紳士まで数人来たが

広場以外は全市内死んだみたいに深閑として声もなかった

*Un dernier Chapitre*

## 自殺者

三輪の大輪の百合《ゆり》　十字架《クルス》なきわが墓の上
三輪の大輪の百合　金《きん》を掃《は》き　風に怖《お》じ
閼伽《あか》とては空くらき日に　黒雲の降らす雨のみ
さりながら王の手の　笏《しやく》かとも凜乎《りんこ》たり　楚々《そそ》として

一輪はわが傷口に咲きし百合なり　光に会えば気負い立ち血をば噴《ふ》く
げにこれぞ　恐怖の百合か?
三輪の大輪の百合　十字架《クルス》なきわが墓の上
三輪の大輪の百合　金を掃き　風に怖じ

一輪は死の床にもだえ苦しむ　心臓に蝕《むしば》みて咲きしわが百合
他の一輪は　わが口内に咲きいでし百合
隔たりて一基のみ在《あ》る　わが墓に　三輪の百合驕《おご》りたり
われと似て呪《のろ》われて　ひとりなる　ただひとりなる
三輪の大輪の百合　十字架《クルス》なきわが墓の上

*Le suicidé*

訳注　自殺者の墓標に十字架は許されない。この永遠の刑科を恐れる心から自殺に踏みきれずにいるキリスト教信者は無数にある。

# 花のはだか

花のはだかは肉の匂《にお》いよ
女陰さながら息づきうごめく
匂わぬ花は羞《はじ》ろう花よ
犯される日を待っているのよ

空のはだかは鳥のつばさよ
恋のよろこび待って舞うのよ
湖水のはだかはさざ波よ
蜻蛉《とんぼ》の薄羽に気をせせられて

海のはだかは帆がかざる
大げさな乱行《らんぎょう》のさなかに裂いて
あらわな肌《はだ》を見せるためなの

処女なる海を犯そうと
邪恋に果てた水死者の
硬直《こわ》ばった乱行のみせしめの波のつぶやき

*La nudité des fleurs*

訳注　この一編、訳とは言わず、エッセンスと言うべきか、知らず極端な抽出を試みた。虫のいどころ。訳者の反逆。

## 葬　式

万年香の木を植えて
お墓の上で踊りなさい
なぜかって　死んだ女は死んでるし
遅いし　日も暮れかけている

眠れ　ゆっくり眠るんだ

遅いし　日も暮れかけている
踊ろう　踊ろう　輪になって
死んだ女は目をとじた
後生願いはお祈りするさ

眠れ　ゆっくり眠るんだ

後生願いはお祈りするさ
捜してあげよう祈禱台《きとうだい》
死神さまの巡回は今日《きょう》はおしまい
明日《あす》はどうやらわしらの番だ

眠れ　ゆっくり眠るんだ

明日はどうやらわしらの番だ
万年香を植えようさ
お墓の上で踊ろうさ
死神さまはおこりはすまい
　眠れ　ゆっくり眠るんだ

死神さまはおこりはすまい
後生願いは祈るがよかろ
お墓の上でわしらは踊る
死神さまは気づきもすまい
　眠れ　ゆっくり眠るんだ

*Funerailles*

やれ良いの　やれ悪いの

若い美人の肖像でいっぱいなのが
古ぼけた写生帳なら
古い芳醇《ほうじゅん》な葡萄酒《ぶどうしゅ》は
空《す》き腹でないと飲めない

やさしい昔の音楽も
楽しいことは楽しいが
古い自分の頭から新意《しんい》を引出す楽しみも
これまたやはり捨てがたい

古い書物と友だちを持ち

円熟した人生の秋を楽しむ
現世の快楽何んぞこれに如《し》かんやと言いたいところだが
いつになっても嬉《うれ》しいのがもう一つ別にある

人呼んで色ごととなすあれ
そのためにだけ世界が呼吸しているあれ
おかげで皆さん出るの入るの　昼だ夜だの
生きるの死ぬの　やれ良いの　やれ悪いのと

ご苦労さんです

*O Mieux O Pire*

# 秘めごと歌

（一九一六年作）

# 解説

一九一五年の正月元日、アポリネールはクリスマス休暇の数日を、愛人ルーことLouise de C……夫人と、かねて打合せておいたニースのホテルで落合い、楽しく過したあと、新参の志願兵として入営中のニーム駐屯《ちゅうとん》の砲兵隊へと帰営の途中、たまたま同じコンパルチマンに乗り合せた目の美しい娘さんと車中のつれづれから、口をきくようになり、数時間後マルセーユの乗換えで、〈さようなら〉を告げるときには、お互いに住所を交換し、身分を明かすあいだがらになっていた。

その娘さんというのはマドレーヌ・パジェスといって、当時はまだフランス共和国の北アフリカにおける植民地、アルジェリアのオラン市で女学校の教師をしているひとだった。彼女も詩人と同じく、クリスマス休暇をニースに住む実兄なる砲兵中尉の宅で過し、この日マルセーユから乗船して、地中海を渡り、オランの自宅へ帰る途中だった。

その後、ニームにおける訓練期間を終り、北部戦線へと出征したアポリネールは、膠着《こうちゃく》状態を続けている塹壕《ざんごう》生活のつれづれに、ある日ふと思い出し、ニースの列車のあの美しい娘さん宛《あて》に、約束の自分の詩集『アルコール』をまだ贈らなかった言いわけの手紙を書く気になった。〈出版者が自分同様出征し、閉店を続けているので、本が手に入らないためだが、いずれなんとかして入手次第お送りします。ところであなたは、今年の正月元日、ニースからマルセーユまでの車中の僕を思い出してくださいますか？

ここに謹んで敬意を表し、お手に接吻《せっぷん》いたします、ギヨーム・アポリネール〉

これが一九一五年四月十六日付の第一信だったが、オランの娘さんからはさっそく返事が来て、慰問の葉巻までが添えられていた。これをきっかけに、猛烈な恋文合戦が始められ、四カ月後には、マドレーヌ嬢の母君への結婚許可の申入れとなり、恋文は次第にあけすけなものになり、前線の禁欲生活のはけ口らしく、艶書《えんしょ》と呼ぶにふさわしい奔放なエロティックなものとなってきたものだ。

危険の多い歩兵隊勤務を志願したおかげで、一九一五年十一月二十日少尉に任ぜられ最前線に出動したアポリネールは、三週間後には、オランの近郊ラミュールでの休暇を出願して許される。海を越えてマドレーヌのもとへ駆けつけたが、なぜか結婚するまでには至らなかった。再会が逆に気をそぐ結果になったものか、いずれにしてもアポリネールは、一九一六年一月九日には、マルセーユへ向けて乗船しており、マドレーヌ嬢は、あいかわらず婚約者の身分で残った。

一九一五年四月十六日の初信から、一九一六年九月十六日の最終信まで、一年半ほどの間に、アポリネールはマドレーヌ宛に前線から二百通におよぶ手紙を書いているが、その時々の感興を伝える五十編以上の長短の詩が添えられており、中には後日、詩人自身の手で詩集に取入れられているものもある。

ここに訳載した『秘めごと歌』も、それらの詩篇の中の異色の数編、作者自身がPoèmes secretsと呼んでいるものだ。

## 第　一（あんたの肉体の九つの戸口）

この詩は　マドレーヌよ　あんたひとりのためのもの
僕らの情欲の最初の一編
秘めごとと歌の第一番
愛する僕のあんたよ
日ざしは暖かく　戦況はおだやかだ　死ぬなんてとんでもない！

✢

あんたは気づかないかもしれないが　僕の処女よ？　あんたには九つ戸口があって
なかの七つを僕は知っているが残る二つはまだ未知だ
四つを僕は捉《とら》えて　もぐりこんだ　もう僕が立ちのくものとは期待したもうな
僕はもぐりこんだあんたの内部《なか》へ星と輝くあんたの瞳《ひとみ》から
耳からは存分に使えこなせるわが家来　言葉によって

✣

あんたの右の目　あんたの第一の戸口よ
まぶたのカーテンをおろした戸口よ
ギリシャの壺絵《つぼえ》の黒い兵隊たちのように
まつげがへりに整列していた
びろうどのカーテン
明るいくせに重厚な視線をかくしていた
僕らの慕情さながらに

✣

あんたの左の目　あんたの第二の戸口よ
つれあい同様澄んでいて愛にあふれていて
心臓へと僕の絵姿と微笑を送り届ける戸口よ
おお　戸口よ　大好きなあんたの目に似た星のように輝く　おお　二重の戸口よ
僕はそなたが大好きだ

あんたの右の耳　あんたの第三の戸口よ
第一第二の戸口の完全な解放に僕が成功したのは
あんたを占領したおかげだった
耳よ　あんたを説き伏せた僕の声の入口よ
心のはたらきで映像に意味づけるそなたを僕は好きだ

そしてそなたの左の耳　僕の恋人の第四の戸口よ
おお　あんたの左右の耳よ　僕は君らを祝福する
春の愛撫《あいぶ》にバラが開くように
僕の声に開いた扉《とびら》よ
僕の声と〈命令〉がマドレーヌの
全身に沁《し》みとおるのも君らを通じてだ
男としての全身で　詩としての全身で

僕はそこへはいりこむ
僕にも自分を愛させる
彼女の望みの詩となって

✣

あんたの左の鼻腔《びこう》　あんたのそして僕らの情欲の第五の戸口よ
僕はそこから愛する女《ひと》の体内へはいりこもう
男としての体臭といっしょにすばしこく
マドレーヌを魅惑する精力的で強烈な
僕の情欲の体臭といっしょに

✣

あんたの右の鼻腔　あんたとそして僕らふたりの快楽の第六の戸口よ
左の鼻腔同様　僕の快感の匂《にお》いと
花ざかりの春以上に甘くて強烈な
まじり合った僕らふたりの体臭を嗅《か》ぐはずのものよ

鼻という名の二重扉よ
興奮と香気が生み出す多くの美妙な快感を予約するものよ
僕はそなたを熱愛する

マドレーヌの口よ　愛するあんたの第七の戸口よ
おお　赤い戸口よ　僕の情欲の深淵《しんえん》よ　僕は君たちを見た
そこに屯《たむろ》する恋い死にした兵隊たちは僕に降服すると絶叫した
おお　赤くやわらかい戸口よ

おお　マドレーヌよ　僕のまだ知らない
　戸口が二つある
あんたの肉体の　神秘な
　戸口が二つ

美しいあんたの第八の扉よ
今にも消えそうな雨の月明りのフランドルの戦線の鉄条網を手さぐりに切り進む
　兵隊に似た僕のこの不案内！
僕はある処女林に迷いこみ飢えと渇《かわ》きと愛情に死ぬ探検家かもしれない
ここは地獄よりも暗い処女林
古寺よりも神聖な処女林
カスタリアの泉よりも新鮮な水の推測される処女林
僕の愛情がそこに見いだすのが一つの聖堂
処女性という名の愛すべき怪物の見守る
その前庭を血だらけにしたうえで
世界一高温の間歇泉《かんけつせん》を噴出させる
おお　僕の恋人よ　僕のマドレーヌよ
すでに僕はもう第八の戸口の盟主ですぞ

♰

二つの真珠の山の間に口をあく
より神秘な第九の戸口　おん身よ
他のどの戸口以上に神秘なおん身よ
語るさえはばかられる妖術《ようじゅつ》の戸口よ
　至上の戸口よ
おん身もまた
　僕のもの
九つの戸口の鍵を持つ
この僕のもの

♰

おお　九つの穴たちよ　僕の声に開《ひら》け
僕こそは　その大事な鍵《かぎ》を持つ者だ

# 第四

僕の口は地獄の猛火となって燃えよう
あんたにとって僕の口は甘い地獄のひとつだろう
僕の口の中の天使たちはあんたの心に居据《いすわ》ろう
僕の口は十字架にかけられよう
その十字架のあんたの口は横木だろう
さて竪木《たてぎ》には誰の口?

おお　恋人の竪に切れた口よ!
僕の口の中の兵隊どもがそこからあんたの臓腑へと突貫する
僕の口の中の僧たちが御堂《みどう》の中のあんたの美しさに薫香《くんこう》を奉る
あんたの五体は地震にみまわれた土地さながらに顫《ふる》えよう
そしてあんたの目の中には人類が存在して以来人間の目の中に積み重なった愛情
　の全部が宿ることだろう

恋人よ　僕の口はあんたを攻める大軍だ
ひどくちぐはぐではあるが
変幻自在な誘惑者ほど変化に富んだ大軍だ
そのはずさ　この口はあんたの聴覚にも呼びかける
この口は　まずもってあんたに愛情を告げる
口は遠くからあんたに愛を語りかけ
千万の天使たちが言葉になって甘い天国のムードをあんたのために準備する
マドレーヌよ　僕の口はまたあんたを僕の奴隷にし
口を与えよと命令もする
では　マドレーヌよ　ありがたく僕はあんたの口をむさぼる

# 第九

完全な三角形。神わざの　あんたのあの毛氈《もうせん》に僕は夢中だ
おお　僕の桃源郷《エルドラード》よ
ユニックなこの処女林の僕は樵夫《きこり》だ
美しい僕の人魚よ
あんたの歓楽の大洋に棲《す》むただ一ぴきの僕は魚だ
おお　まっ白い僕のアルプスよ
あんたの雪の山々の僕は登山者だ
おお　愛すべき僕の矢筒よ
世にも美しいあんたの口の僕が射手だ
おお　僕の接吻《せっぷん》の運河に浮ぶ美しい舟よ
夜のあんたの毛を焦がす僕は人夫だ
おお　僕の夏の庭よ
あんたの腕の百合《ゆり》の花が信号で僕に呼びかける

おお　かぐわしい僕の果樹園よ
あんたの胸の果実が僕のために甘い果汁《おつゆ》を熟させる
おお　マドレーヌ　うるわしのわが女《ひと》よ
僕はあんたを抱きあげる　大地を踏まえて
光の松火《たいまつ》さながらに

## 第十一

あんたの全部　あんたの全身　あんたの知性の全部　理性の全部についてなら
僕はすでに立派な詩をいくつも書いた
戦時とて森で生活している僕は書きたい
処女林の奥に巧みにしつらわれた小ぢんまりした美しい小屋の詩が
あんたが処女林の深みに用意したこの小屋の詩が

おお　ロズモンドの御殿よりも　ルーヴル宮よりも　エスコリアルのそれよりも
　もっと美しい宮居《みやい》よ
最高の作品を作るため僕が居すわるのはあすこだ
僕は神でさえあるはずだ　そこに居るかぎり　神が許すなら　ひとりはおろか数
　人の男性で　それどころか　数人の女性でさえもあるはずだ　神がかつてあっ
　たように
おお　マドレーヌの秘められた小さな宮居よ
僕の恋人よ　あんたは美しい　僕のために世界一美しい宮居を建ててくれたあん
　たは最高の芸術家だ
マドレーヌ　愛する僕の建築家よ
僕が架《か》けよう　あんたと僕の間に　鉄のように堅い　肉の橋を　素晴らしい釣《つり》
　橋《ばし》を
あんたは建築家　僕は大司教　兼ねて人類の創造者
僕は建築家を愛し　あんたは橋を架けた男をかわいがる
アビニョンの橋そっくりに皆が輪になって踊るはず　僕らの橋を踏みならし
僕ら自身も　おお　マドレーヌ　僕らの子供も孫たちも

# 世界の終りの来る日まで

# アポリネール ──人と作品──

堀口大學

死んだギヨーム・アポリネールよ
カイゼルが始めたあの戦争が殺した
百万の人間の中で
私の愛惜はお前の上にあつまる

お前は新美学の探検者であった
お前は新芸術の金色《こんじき》のアポロであった
お前は先駆の詩人であった
お前は芸術の新アメリカの発見者であった
お前の詩《うた》は「種子《たね》のように蒔《ま》かれた」
お前は魔法使であった

お前のペンの先から
鳩《はと》が出た　月が出た
そして戦線の或《あ》る夕《ゆうべ》
お前の頭蓋《ずがい》から
糸のような細い血が
一筋長く流れた

アポロの金《きん》の頭蓋に
鉛の弾丸《たま》が命中したのであった
それが原因《もと》でお前は死んだのだ
一九一八年十一月九日
それは新芸術の喪であった
それは私の心の喪であった
それから一年たった
今日は一九一九年十一月九日だ

そしてなおもなつかしく私はお前を思い出す
お前を思うことは有難い
お前は涸《か》れることのない詩《うた》の泉だ
お前は芽を出す種子《たね》だ
お前が死んでから一年たった
今日は一日お前を思い
お前の詩集『カリグラム』を読んで暮そう

一九一九年十一月九日、アポリネールの一周忌に、当時ブラジルに在《あ》った僕は、ここに掲げたこの詩を書いた。僕は二十七歳だった。一九三一年、三十九歳になった僕は、東京に住んで、次のように書いたものだった。

「第一次欧洲大戦で命を失った数多い芸術家の中で、誰をいちばん愛惜するかと訊《たず》ねられたら、僕は即座に、ギヨーム・アポリネールだと答える。彼が死んでから、すでに十三年余りになる。しかし僕には、今なお毎年、必ず二度や三度は、『アポリネールが生きていたら!』と口惜しく思うことがある。事実、彼なき後《あと》のフランス芸壇は、その中心を失った形であり、なんとなく元気がない。その後、新しく興ったさまざまの新運動にもどことなく力の足りないものが感じられる。どうやら、詩壇も、画壇も、一人の男の出現を待って、足踏みしているらしい様子が感じられる。アポリネールさえ生きていたら、この沈滞は、なかったはずだと思うのは僕の思いすごしだろうか？ 先駆者としてのアポリネール、指導者としてのアポリネール、詩の実作者としてのアポリネール、美術批評家としてのアポリネール。今日《こんにち》アポリネールが生きていたら、どのような仕事をなしとげていたであろうか、とこう、思うだけでも僕の心は躍《おど》るのである」

ある日
ある日僕は自分を待っていた　そして自分に言った
「ギヨームそろそろ出て来てもいい時刻だ」と

（詩集『アルコール』）

彼と声を合わせて、こう呼んでみても、ギヨーム・アポリネールは、もう出てきそうもない。

ギヨーム・アポリネールの母方の祖父は、ポーランドの陸軍大将で、父はローマ法王庁の大僧正だと、一般に伝説的に信じられている。ある人が、このことの真否を彼に訊《ただ》したら、彼は酒杯《グラス》の白葡萄酒《しろぶどうしゅ》を飲み乾《ほ》しただけで、別に否定もせずに、話題を他に転じたということだ。ギヨーム・アポリネール（Guillaume Apollinaire）は、「アポロの徒輩ギヨーム」という意味の、堂々たる雅号で、本名はウィルヘルム・アポリナリス・コストロウィツキー（Wilhelme Apollinaris Kostrowitzky）というのであった。この姓名から見ても、彼にポーランド人の血が混っていたことは、疑う余地がない。彼は一八八〇年八月二十六日、ローマ市に生れた私生児だった。彼の姓は母の姓だった。生れると間もなく、母とともに、フランスの地中海岸の明媚《めいび》な風光の中へ移り、国際的観光都市モナコやニースやカンヌで、その少年時代を過した。中学の課程はニースとモナコで修めた。彼の同級生は、彼をコストロと呼んでいた。金使いの荒い、世界じゅうの有閑階級の上置きのような人たちによって作り出されるこれらの都市の脂《あぶら》ぎった生活感情が、生来の変り者だったこの中学生の人柄の形成に影響したことは言うまでもあるまい。彼はモナコの中学へ通っていたという。モナコ、この市《まち》は、どう考えてみたところで、真面目《まじめ》だとは思えない天国だ。こんな市で受けた教育が、彼をファンタスティックな人間に仕上げたことは当然だ。モナコの聖《サン》シャルル中学で、彼はルネ・デュピュイと友情を結ぶ。これは後年ルネ・ダリズの筆名で知られ、一九一七年五月七日その才能を惜しまれて戦場の露と消えた文人になる男だ。アポリネールの詩集『カリグラム』は、最も古いこの友人の霊に捧《ささ》げられている。彼の傑作の一つ、『地帯《ゾーヌ》』と題する長い詩の中で、彼は中学生時代のこの友人と自分のことを追憶して、

……君はまだ少年だ
君の母は君に紺と白だけしか着せない
君は非常に信心深い　いちばん古い友だちのルネ・ダリズといっしょに
君らはお寺の華麗《はなやか》さが何より大好きだ
九時だ　ガスの灯は細められて真っ青だ　君らはこっそり共同寝室から抜け出す
中学《コレージ》付属の礼拝堂で君らは終夜お祈りをつづける

（詩集『アルコール』）

この同じ詩の先のところで、地中海の水と空の間の生活の明るい一コマを思い出して、彼は次のように歌っている、

今や君は地中海の岸辺《きしべ》の
年じゅう花の絶えないレモンの木の下にいる
友人と連れだって君は舟遊びをする
一人はニサールで一人はメントネスク　それにチュルビアスク兄弟もいた
僕らは驚嘆しながら深間の蛸《たこ》を見つめる
海草の間をくぐって救世主の姿の魚が泳ぐ

モナコの中学を卒業した彼は、一八九九年、パリへ出てきて、ジャリー、サルモン、ロワイエール等の若い詩人と交わる。パリへ出てくる以前に彼がリオンで暮したらしい形跡がある。見聞をひろめるために彼は外国への旅に出る。彼はあてもなく、ドイツとオランダとボヘミアとイタリアを歩きまわる。それがどのような条件のもとに行われた旅行であったかは、今日《こんにち》あまり知られていない。彼は、プラハでは宿屋の庭の卓上の一輪の薔薇《ばら》の美しさに見とれて、書くべきコントを忘れたとか、マルセーユでは西瓜《すいか》にとり囲まれていたとか、コブレンスでは巨人ホテルに泊ったとか、ローマでは枇杷《びわ》の木陰に休んだとか、アムステルダムでは、レード大学の学生と近々結婚するはずの醜い娘さんを美しいと思って三日いっしょに暮したとか、洩《も》らしているにすぎない。このときの旅行の反映はまた彼の短編小説の中にしばしば感じられるが、はたしてそれがどこまでが真実であり、どこまでが虚構であるか知る由もない。

一九〇一年の夏、アポリネールにミロー子爵《ししやく》夫人の令嬢の家庭教師としての口がかかった。そのためにはフランスを去ってライン河畔のオネフに住む必要があった。たいして気のりはしなかったが、新しいものに目のないたちなので、ロマンティックなドイツの風物にひかれ、パリをあとにすることになった。教え子の少女ガブリエル嬢には彼のほかに、お相手役としてアンニー・プレイデンという名のイギリス生れのガヴァネスがついていたが、アポリネールが彼女と恋に落ちるのはむしろ当然で避けがたいことだった。これが彼の最初の真剣な恋愛の対象だったことは疑う余地がないようだ。一年後、彼女はイギリスへ、彼はフランスへと別々に帰されるはめとなったが、別れは辛《つら》かった。二度まで彼は彼女に会いにロンドンへ旅をし、結婚を申込んだが断わられた。「男」を愛しはしたものの「詩人」を理解しかねた彼女は、アポリネールの執念が恐ろしくなったものか、アメリカへさっさと逃避してしまった。この時のライン地方の伝説的な風土とアンニーに対する恋心の形見として詩集『アルコール』の中には『ライン詩篇』なる一章があって、すぐれた九編の抒情詩《じよじようし》が含まれていて、

「五月」と題する一編で彼は甘やかに歌っている。

麗わしの五月のひと日　舟にのりラインを下る
山の上高きあたりに女たちつどい遊べり
女たち美し　されど　舟足はとどめもあえず
誰《た》がために岸辺の柳泣きいづるものとおぼすや

花咲ける果樹園も空《むな》しく過ぎぬ
五月の日　桜桃の葩《はなびら》ちれば
わが愛《め》でしかの人の爪《つめ》し偲《しの》ばれ
地に落ちて凋《しぼ》める見ればおもほゆる瞼《まぶた》かな

パリに落着いた当時、アポリネールは二十歳《はたち》そこそこの若者だった。ある富んだ銀行家が発行していた経済新聞の編集をして彼は生計を立てた。当時の彼の青春のスプリーンと反逆とは、不滅の抒情詩となって、詩集『アルコール』にその生態をなまなましく見せている。

とうとう君は古ぼけたこの世界に飽いた
羊飼《ひつじかい》娘よ　おお　エッフェル塔　橋々の群羊が今朝《けさ》は泣ごとを並べたてる

君はもうギリシャやローマの古風な生活に飽きはてた
ここでは　自動車さえが　たいそう古ぼけたものに見える
宗教だけが真《ま》新しく残った　宗教だけが
空港の格納庫さながらの単純さに残った

これは一九〇五年ごろの作品だが、早くも、伝承の文学的なものをことごとく捨て去って、土足でこのこと当代の激しい生活の中へ踏み込んで、過去と思い出を流し去った、在《あ》るがままの現実を歌いあげようとする気迫が見られる。自動車さえが古ぼけて見えるとののしる彼が、宗教をその単純さのゆえに新しいと言って承認しているのは意外だが、信心深い中学生だった彼の心の中には、単純な祈りに還元された形態

で宗教が残っていたものであろうか。次の断章もまた、当年の彼の心境詩だ、

今や君はパリ市内を歩いている　群衆に混って独《ひと》りぽっちで
君の身近をバスの群羊がごろごろ吼《ほ》えながら走りまわる
恋の悩みが君ののど首を締めつける
今後絶対に君は愛される当《あて》がないみたいな気持だ
昔の男なら僧院にでも入るところだ
君らは祈りの言葉を口にしている自分に気づいて恥ずかしがる
君は自らを嘲笑《ちょうしょう》する　すると地獄の劫火《ごうか》のように君の笑いが燃えさかる
君の哄笑《こうしょう》が君の生命の背景に金泥《きんでい》を塗りつける
それは人生という暗い博物館に懸《か》けてある一幅《ぷく》の絵だ
ときどき君は近づいてじっとそれに眺《なが》め入る

これはまたなんと、身にしみる歌の節だろう。そしてなんとまた、その用語が控え目で、気どりのないことだろう。日常の言葉で、直接《じか》に生活から汲《く》み取った詩とはまさにこれだろう。

そのころ彼は、パリも西の市端《まちはずれ》、オートイユのミラボー橋の近くの部屋に住んでいた。セーヌ河とそれを跨《また》ぐ橋々が、彼の詩に何度となく姿をみせる。こうして詩集『アルコール』の中のあの絶唱『ミラボー橋』のノスタルジックな悲調は成るのである。

『マリー』と題する同じく『アルコール』の一編の終連にも、セーヌ河が、彼の恋の悩みの伴奏として現われる。

古文書《こもんじょ》一冊小脇《こわき》にかかえ
セーヌの岸を歩いていると
うれいは水の流れに似てる
水は流れて果てしがないが
今週はいつになったら終るだろうか?

そのころ彼は若かった、そしてロマンティックだった。彼は生活苦と恋愛苦に悩みつづけた。

一九一一年の九月には、ルーヴル美術館からダ・ヴィンチのモナリザ像を盗み出した嫌疑《けんぎ》で、アポリネールはパリのラ・サンテ刑務所に投ぜられた。彼と親交のあった素行の修まらないある落ちぶれた男爵《だんしゃく》の一味だと誤解されたためだった。一時世界じゅうの新聞は、モナリザ事件の真犯人として彼の名を掲げたものだった。平素は磊落《らいらく》豪快のアポリネールも、このときばかりは青くなって、すっかりしょげこんだということだ。詩集『アルコール』には『獄中歌』（ラ・サンテ刑務所にて）と題する六章から成る詩があるが、これはすべて、彼がこのときにあげた悲鳴の叫びだ。

これらの詩篇には、体験以外にはとうてい及びがたい悲痛な切実感があるではないか。彼はまた一種のあきらめをもって、自分の苦悩を眠らせる子守唄《こもりうた》のような調子で歌っているのも哀れだ。

取調べの結果、彼の受けた嫌疑が全く無実だとやがてわかって、アポリネールは釈放された。この事件は、一朝にしてアポリネールを有名にした。彼も大いにそれを悦《よろこ》ぶかのごとくだった。しかしこれはあらずもがなの事件だった。世間はスキャンダルには喝采《かっさい》するが、スキャンダルで有名になった人間には永久に心を許さない。アポリネールというこの不世出の大詩人を、何か不真面目なうさん臭い人物と見る世間の目は、このときから始まったのだった。

詩集『アルコール』は、ピカソの筆になる著者の肖像を口絵に、一九一三年メルキュール・ド・フランス社から発行された。一八九八年から一九一三年に至る十五年間の作品長短五十五編の詩を内容としている。この詩集は非常な影響力を後来者の上に持った。フィリップ・スーポーのごときは、「詩集『アルコール』が出て、一代のフランス詩がその方向を決定した」とまで言っている。今日からかえりみる場合、この詩集こそは、世界の近代詩が現代詩へと移る関門だったのである。アポリネールもこれを意識して、《僕は自分の詩を種子《たね》のように蒔《ま》く》と誇らしく揚言している。それかあらぬか、二十世紀頭初の一九二〇年に至る十五年間のフランスにおける、あらゆる芸術運動に現われた新傾向、新流派には、例外なしにアポリネールの影響が感知される。

博識が果敢の邪魔にならない、これは珍しく幸せな才能だった。ある者は彼をランボーの後継者のように言いなすが、またある者は彼は一度もランボーを読まなかったと、確信をもって言い張る。彼が一度もランボーを読まなかったことは、本当かもしれない。いずれにしても、それはありうることだ。一度も読まなかったランボーの後継者に祭りあげられるなぞも、この詩人らしくてよいではないか。人類の詩にも一定の宿命があって、一定の時期には、人の好むと好まざるとにかかわらず、一定の開花をなすものではなかろうか。

アポリネールの影響は、内面的に行われるよりは、より多く外形的に行われたかもしれない。人々は『地帯《ゾーヌ》』の模倣詩を多く作り、『カリグラム』の軽業師《かるわざし》風なグラフィックに感服したものだ。模倣者たちは、アポリネールがふざけて作ったものをいちばん真面目に受取った結果になった。彼ほどの素質を持たない彼らには、やむなく、これもまた、彼の発明の一つなる出鱈目《でたらめ》と偶然を頼りの機械的創作手段にもっぱら依存せざるを得なかった。

アポリネールには、代表作というものがない。否、あまりに代表作が多すぎるので、どの一編も代表作にはならないのだ。つまり、遺された詩篇の全部が代表作というわけだ。詩集『アルコール』について見ても、これは斑織《まだらおり》のつづれの錦《にしき》だ。一編は一編ごとに、別人の作の感を与える。どこにこの詩人の特質を捕えてよいか、読者は途方にくれる。思考の面でこの詩人を摑《つか》まえようとすると、たちまち雲や霧が湧《わ》き起って、その正体を隠してしまう。これは彼の性癖だった「人を煙に巻く」好みにもよることだが、また彼が三十八歳という若さで世を去ったため、いわば彼自身が形成途上にあり、星雲の状態にあったためだと見るべきであろう。サンボリズムからキュビズムまで、彼にはさまざまな傾向と主張があったが、彼がはたして自分のどの傾向に最大の価値を認めていたかも知りがたい。笑いの化身のように、人の顔さえ見れば哄笑《こうしょう》とわるふざけを続けて生きていたこの詩人は、またときに、《真面目なのは僕ひとりだ》と言って抗議する人間でもあるのだから。思考の山師、彼にはこんなところがなくもなかった。その風貌《ふうぼう》にも、気質にも、山師的なところが多分にあった。彼のあの狂おしいまでな自己追求の熱情、冒険を、危険さえを、追い求めるあの熱中。彼の国籍はポーランド人だったので、戦争に兵として参加する義務は持たなかったのだが、彼は開戦後まもない一九一四年十二月、志願兵として、砲兵隊に入隊した。出征してみて、砲兵隊が閑地だと知ると、より昇進率と危険率の多い歩兵隊へ志願して転科した。彼は速く陸軍少尉の軍服が着たかったのだ。その結果、彼は頭部に、あの命取りの弾片を打ち込まれたのだ。

詩集『アルコール』の中で、彼は感受性の新しいタイプを発見しようと苦心しているようだ。また詩人の容受力を増強しようと、革新家にふさわしい努力をしている。しかし詩集『アルコール』には試作的な不備や未熟は全然ない。どの一編も完璧《かんぺき》完熟の作品のみだ。試作にして完作。この不可能に近い業績が、案外こともなげに成就されたのは、「最も偉大なそして最も完全な詩人としての素質が彼に備わっていた」がためだ。（アンドレ・サルモンの言葉）

ちなみに、詩集『アルコール』の中には、明らかにサンボリズムに属する作品が幾編かあり、またアポリネールの初期の作品には、ボードレールとヴェルレーヌの影響を見いだすこともさまで困難ではないようだ。しかしモナリザ事件のころから、この詩人に古い詩法を混乱させる欲望が生れ、彼の一生に重要な時期を画す。彼は歌う、

僕の無知を赦《ゆる》せ
古い詩法を忘れてしまった僕を赦せ
僕はもう何も知らない　僕はもっぱら愛するだけだ
花々がもう一度僕の眼に炎となって映るのを

『婚約』（詩集『アルコール』）

新精神（l'Esprit nouveau）の鼓吹者としてのアポリネールの姿が目だってくる。「詩人が新精神に加担しないことは自由だ、ただ、新精神以外のところには、三つの扉《とびら》しか開かれていないと知るべきだ。一つは月並の扉であり、一つはサタイアの扉であり、一つは哀歌の扉である。どんなに素晴らしくとも、高の知れたものだ」。アポリネールの新精神の追及は、一九一八年の彼の第二詩集『カリグラム』において、最上の開花を示すことになる。

アポリネールのカリグラム（Calligrammes）を何と説明すべきだろうか。Cali《カリ》はギリシャ語の Kallos《カロス》の転で「美」の意味だ。Gramme《グラム》は同じくギリシャ語の Gramma《グラマ》の転化で「文字」の意味だ。つまり Calligrammes《カリグラム》は語源的には「美しい文字」の意味だ。人も知るように、画才も相当にあったアポリネールは、好んで自分の書きしるす文字に、それの意味する内容の形態を与えて楽しんでいた。たとえば、メガフォンと記す場合に MEGAPHONE と記すようなのがそれだ。これは最も単純な場合の一例だが、詩集『カリグラム』に収録されたカリグラムには、もっと複雑なものがある。様式も大体三種あって、(一)同一字体の活字を用いるが、その配置の工夫によって、物体の形を現わしたもの、(二)異なる字体、異なる大きさの大小の活字の配置によって絵画的の形態を現わしたもの、(三)ペンや毛筆を用いて自在な効果をあげたもの、となっている。詩集『カリグラム』が全巻この方法を用いて書き現わされているわけでは決してなく、全巻八十四編のうち、二十五編だけが、この目に美しく、心に楽しい形式で書かれている。

この方法によると、言葉は単なる事物の知的表象であることをやめて、事物の形状そのものになり、直接な像になる、いわばこれは、原始的な表意文字への復帰のわけだ。その後、ジャン・コクトーも、二、三の詩集においてこれを試みているが、要するに、カリグラムそのものは、神秘家的心性の持ち主であった立体派の先達《せんだつ》たちのファンタジーと見るべきで、立体派の詩の本質とはほとんどかかわりのないものであり、また、詩集『カリグラム』が現代詩に持つその重要さも、決してこの形式の新奇のゆえではないと銘記しよう。

画壇と詩壇と、二つの芸術分野における立体派の鼓吹者であり、理論家であったアポリネールのことだから、その作品においても、立体派以前と以後の、二つの画然とした変化があってしかるべきだとは誰しも考えることだが、彼の詩の本質は、音楽的な抒情性《じょじょうせい》に終始一貫されていて、立体派以後の『カリグラム』（一九一三年から一九一八年に至る六年間の作品の集成）にあっても、立体派的な努力は十分うかがわれるが、読者の心に深く滲《し》み入るポエジーそのものは、彼に独特のリズムとアクセントの強い抒情であり、思い出のせつない歌であり、ふられた男の嘆きであるのも皮肉だが、これは彼の本来の面目が、思考の投機家であり、抒情の詩人であるという宿命のいたすところであろう。

その作、脚本『テレジアの乳房《ちぶさ》』の自序で、アポリネールは、自分がこの作で試みた超現実主義が、「見かけだおし」と異なる理由を力説して、「人間が歩行の模倣を思いたって創《つく》り出したのは、脚とは似もつかない車輪であった。このとき、人間は、自ら気づかずに、超現実主義を実行したのだ」と言っているが、これは、彼の意図したシュールレアリスムがいかなるものであったかを理解するに、まことに打ってつけの言葉のようだ。

未来の人々よ　僕を思い出してくれ
僕は王者の亡《ほろ》びる時代に生きていた

これが、未来の人々に対する、アポリネールの遺言だ。

追記　アポリネールの詩に、ほとんど句読点のないことに読者は気づかれたと思う。散文には句読点を用いる彼だが、詩にはほとんどこれを用いていない。ところが多少とも心の中に詩を持つ読者なら、句読点のないアポリネールの詩が楽に理解できるのである。つまり彼の詩にあっては、句読点は不用だから省かれたのである。このことは、彼の詩の構成がいかに素直《すなお》で単純であるかを知るよすがとなる。

（一九五四年十月）

# 第十五刷改版のあとがき

今度改版の機会を与えられたので、全編を新字体、新仮名づかいに改めたが、これは時代に即応、読者の便を思ってのこと、特に若い読者には大いによろこんでもらえると思う。

『動物詩集』に訳者の知らなかった一九一一年版があるとわかったので、一九一三年初版の『アルコール』と位置を入れ代えた。なお新たに「毛虱《けじらみ》」一編を新訳追加したが、これは初版発行の際、出版者の意見で、削除された四編のうちの一編だ。また「孔雀《くじゃく》」はその後に得た新訳とさし替えた。

『アルコール』の章に「マリジビル」「マリー」「ジプシー女」「ロズモンド」「ローレライ」なぞ五編の重要な詩篇を新たに訳して追加したり、「狩の角笛」の改良訳を納めることができたりしたのは、大きな満足だ。

『カリグラム』の章の最後に加えた「手紙」は元この詩集にはない一編だが、その一生の終りに近く、アポリネールが詩について、どのような考えを持っていたかを知るに重要な一編なので、無理にここに挿入した。

また遺稿詩集『わびしい監視兵』以下の二十八編は旧版には全くなかった新規な花々だとご承知たまわりたい。

一九六九年立春の日

堀口大學

高橋健二訳
# ゲーテ詩集

人間性への深い信頼に支えられ、世界文学史上に不滅の名をとどめるゲーテの、抒情詩を中心に代表的な作品を年代順に選んだ詩集。

片山敏彦訳
# ハイネ詩集

祖国を愛しながら亡命先のパリに客死した薄幸の詩人ハイネ。甘美な歌に放浪者の苦渋がこめられて独特の調べを奏でる珠玉の詩集。

富士川英郎訳
# リルケ詩集

現代抒情詩の金字塔といわれる「オルフォイスへのソネット」をはじめ、二十世紀ドイツ最大の詩人リルケの独自の詩境を示す作品集。

高橋健二訳
# ヘッセ詩集

ドイツ最大の抒情詩人ヘッセ――十八歳の頃の処女詩集より晩年に至る全詩集の中から、各時代を代表する作品を選びぬいて収録する。

阿部知二訳
# バイロン詩集

不世出の詩聖と仰がれながら、戦禍のなかで波瀾に満ちた生涯を閉じたバイロン――ロマン主義の絢爛たる世界に君臨した名作を収録。

上田和夫訳
# シェリー詩集

十九世紀イギリスロマン派の精髄、屈指の抒情詩人シェリーは、社会の不正と圧制を敵とし、純潔な魂で愛と自由とを謳いつづけた。

P・オースター
柴田元幸訳

## 幽霊たち

探偵ブルーが、ホワイトから依頼された、ブラックという男の、奇妙な見張り。探偵小説？　哲学小説？　'80年代アメリカ文学の代表作。

P・オースター
柴田元幸訳

## 孤独の発明

父が遺した夥しい写真に導かれ、私は曖昧な記憶を探り始めた。見えない父の実像を求めて……。父子関係をめぐる著者の原点的作品。

P・オースター
柴田元幸訳

## ムーン・パレス

日本翻訳大賞受賞

世界との絆を失った僕は、人生から転落しはじめた……。奇想天外な物語が躍動し、月のイメージが深い余韻を残す絶品の青春小説。

P・ギャリコ
古沢安二郎訳

## ジェニィ

まっ白な猫に変身したピーター少年は、やさしい雌猫ジェニィとめぐり会った……二匹の猫が肩寄せ合って恋と冒険の旅に出発する。

P・ギャリコ
矢川澄子訳

## スノーグース

孤独な男と少女のひそやかな心の交流を描いた表題作等、著者の暖かな眼差しが伝わる珠玉の三篇。大人のための永遠のファンタジー。

P・ギャリコ
矢川澄子訳

## 雪のひとひら

愛の喜びを覚え、孤独を知り、やがて生の意味を悟るまで――。一人の女性の生涯を、雪の結晶の姿に託して描く美しいファンタジー。

カミュ
窪田啓作訳
**異邦人**

太陽が眩しくてアラビア人を殺し、死刑判決を受けたのちも自分は幸福であると確信する主人公ムルソー。不条理をテーマにした名作。

カミュ
清水徹訳
**シーシュポスの神話**

ギリシアの神話に寓して〝不条理〟の理論を展開、追究した哲学的エッセイで、カミュの世界を支えている根本思想が展開されている。

カミュ
宮崎嶺雄訳
**ペスト**

ペストに襲われ孤立した町の中で悪疫と戦う市民たちの姿を描いて、あらゆる人生の悪に立ち向うための連帯感の確立を追う代表作。

カミュ
高畠正明訳
**幸福な死**

平凡な青年メルソーは、富裕な身体障害者の〝時間は金で購われる〟という主張に従い、彼を殺し金を奪う。『異邦人』誕生の秘密を解く作品。

カミュ
大久保敏彦
窪田啓作訳
**転落・追放と王国**

暗いオランダの風土を舞台に、過去という楽園から現在の孤独地獄に転落したクラマンスの懊悩を捉えた「転落」と「追放と王国」を併録。

カミュ・サルトル他
佐藤朔訳
**革命か反抗か**

人間はいかにして「歴史を生きる」ことができるか——鋭く対立するサルトルとカミュの間にたたかわされた、存在の根本に迫る論争。

## 新潮文庫最新刊

今村翔吾著
**八本目の槍**
吉川英治文学新人賞受賞
直木賞作家が描く新・石田三成！　賤ケ岳七本槍だけが知っていた真の姿とは。歴史時代小説の正統を継ぐ作家による渾身の傑作。

深町秋生著
**ブラッディ・ファミリー**
―警視庁人事一課監察係　黒滝誠治―
女性刑事を死に追いつめた不良警官。彼の父は警察トップの座を約束されたエリートだった。最強の監察が血塗られた父子の絆を暴く。

保坂和志著
**ハレルヤ**
川端康成文学賞受賞
特別な猫、花ちゃんとの出会いと別れを描く「生きる歓び」「ハレルヤ」。青春時代を振り返る「こことよそ」など傑作短編四編を収録。

杉井光著
**この恋が壊れるまで夏が終わらない**
初恋の純香先輩を守るため、僕は終わらない夏休みの最終日を何度も何度も繰り返す。甘く切ない、タイムリープ青春ストーリー。

江戸川乱歩著
**地底の魔術王**
―私立探偵　明智小五郎―
名探偵明智小五郎VS.黒魔術の奇術師。黒い森の中の洋館、宙を浮き、忽然と消える妖しき〝魔法博士〟の正体は――。手に汗握る名作。

沢木耕太郎著
**作家との遭遇**
書物の森で、酒場の喧騒で――。沢木耕太郎が出会った「生まれながらの作家」たち19人の素顔と作品に迫った、緊張感あふれる作家論。

## 新潮文庫最新刊

赤川次郎著
いもうと
本当に、一人ぼっちになっちゃった――。27歳になった実加に訪れる新たな試練と大人の恋。姉妹文学の名作『ふたり』待望の続編！

桜木紫乃著
緋の河
どうしてあたしは男の体で生まれたんだろう。自分らしく生きるため逆境で闘い続けた先駆者が放つ、人生の煌めき。心奮う傑作長編。

中山七里著
死にゆく者の祈り
何故、お前が死刑囚に――。無実の友を救えるか。人気沸騰中〝どんでん返しの帝王〟による、究極のタイムリミット・サスペンス。

篠田節子著
肖像彫刻家
超リアルな肖像が巻きおこすのは、おかしな現象と、欲と金の人間模様。人生の裏表をからりとしたユーモアで笑い飛ばす長編。

髙樹のぶ子著
格闘
この恋は闘い――。作家の私は、柔道家を取材しノンフィクションを書こうとする。二人の心の攻防を描く焦れったさ満点の恋愛小説。

楡周平著
鉄の楽園
日本の鉄道インフラを新興国に売り込め！商社マンと女性官僚が挑む前代未聞のプロジェクトとは。希望溢れる企業エンタメ。

Author : Guillaume Apollinaire

# アポリネール詩《し》集《しゅう》

新潮文庫　ア－２－１


昭和二十九年十月五日　発行
平成十九年四月二十日　四十五刷改版
令和四年五月十日　四十八刷

訳者　堀《ほり》口《ぐち》大《だい》學《がく》
発行者　佐藤隆信
発行所　株式会社　新潮社
郵便番号　一六二―八七一一
東京都新宿区矢来町七一
電話　編集部(〇三)三二六六―五四四〇
読者係(〇三)三二六六―五一一一
http://www.shinchosha.co.jp


価格はカバーに表示してあります。

乱丁・落丁本は、ご面倒ですが小社読者係宛ご送付ください。送料小社負担にてお取替えいたします。


印刷・錦明印刷株式会社　製本・株式会社植木製本所





ISBN978-4-10-217701-3 C0198